カルディナ

エドワードの妹。
兄のことが大好きな美女。
長年想っている
相手がいるらしい。

レオン

里香を召
高位の
彼女のこ
責任を
なに
し

クラウス

エドワードの側近。
いつも落ち着いた
美青年で
仕事もよくできる。
エドワードの
理解者でもある。

貴族の令嬢　　ードの
妃候補の一人だった。
聡明で優しく、
カルディナとも仲がいい。

アーサー

ランスロード国の王で、
エドワードと
カルディナの父。
威厳はあるがやや軽めの
性格をしている。

レナード

レオンの息子で、神官
里香に思うところが
あるのか厳しい
物言いをすることも。
シンシアとは幼馴染

目次

異世界王子の年上シンデレラ　7

書き下ろし番外編
変わりゆくもの　変わらないもの　355

異世界王子の年上シンデレラ

プロローグ

「リカ、今日の夕食は一緒に取ろう」

「ええ、わかったわ」

私がそう答えると、エドワードははじけるような笑みを浮かべ、瞳を輝かせる。

ここ、ランスロード国は、豊かな自然と鉱山などの資源に恵まれ、アスランという神を強く信仰しているのどかな国だ。近隣諸国とも友好的な関係を築いている。

彼、エドワードは、この国の第一王子だ。

彼と過ごす時間は楽しくて、私は充実した毎日を送っていた。

「リカと一緒に食べる夕食は、すごく美味しく感じる」

急に真面目な顔になってつぶやくエドワード。私は、クスリと笑う。

「そんなことを言って、いつも一緒に食べているじゃない」

すると、彼は照れたように頬を染める。

「だって、本当のことだから」

真っ直ぐに私を見つめて甘い台詞(せりふ)を吐く彼に、視線を向けた。

髪は、光が当たると天使の輪が浮かぶ、長めのブロンド。

瞳の色は晴れた空を思わせるスカイブルー。

目の前に座る彼は、誰もが見とれてしまうほどの美貌を持っている。

「リカ、湯あみを終えたらすぐに寝室に来て。いつもみたいに同じベッドで眠ろう」

胸がキュンとするような言葉を、微笑みながら告げてくる彼。

こんな彼が私の旦那様だなんて、いまだに信じられない。


ただし彼はまだ、十一歳なのだけどね――

第一章　召喚された花嫁

私の名前は田中里香。十九歳の日本人だ。

１ＬＤＫのアパートに住み、バイトに明け暮れる日々を送る、世間一般でいうところのフリーター。

そんな私は、朝起きるとまずはスケジュールを確認するのが習慣になっている。

今朝も、起きてすぐにスマホを手にして確認をはじめた。

「今日は五日だから、シフトは早番か」

そうつぶやいたあと、スマホをベッドの脇に置き、しぶしぶ起き上がって洗面台へ向かう。

ああ、もう少し寝ていたい。だけど、ここで二度寝を決め込んだら確実に遅刻してしまう。起こしてくれる家族がいないのだから、ベッドの誘惑に負けてはいけない。

バシャバシャと豪快な水しぶきを上げ、顔を洗う。冷たい水で洗うと、目が覚めてきた。そうして用意しておいたタオルで水気を拭き、化粧水で肌を整える。

「よし、今日も一日頑張ろう」

目の前の鏡を見つめながら、自分に気合を入れるのも、習慣の一つだった。

顔を洗ったら、食事の準備だ。食パン二枚をトースターで焼いている間、ベーコンと目玉焼きを用意する。そこに野菜ジュースを添えれば、簡単な朝食のでき上がりだ。

「いただきます」

ご飯を食べる時は、両手を合わせてお行儀よく。それが、両親からの教えだった。

ああ、そうそう忘れちゃいけない。朝食を食べる前に、机に飾っている小さな写真たてにお水を用意しよう。

コップに水を入れて写真たての前に置き、私は両手を合わせる。

この写真の中で笑っている二人が、私の両親だ。優しかった二人は二年前、不慮(ふりょ)の事故でこの世を去った。それ以来、私はずっと一人暮らしをしている。寂しくないと言えば嘘になるけれど、そう感じている時間がないほどバイトをみっちり入れ、忙しい日々を過ごしていた。

「私ね、来月からバイトの時給が少しだけ上がるんだ」

誇(ほこ)らしい気持ちで両親へ報告をしてから、朝食を食べる。

「ごちそうさまでした」

ふと机にある置き時計を見れば、バイトの時間がせまっている。

慌てて食後のコーヒーを飲み干した。あと三十分早く起きれば、もう少し時間の余裕があったとわかってはいるけれど、実行するとなるといつも難しい。

使った食器を台所に持っていき、時間がないので洗い物は後回し！　とりあえず、水につけておく。ずぼらなやり方だけど、怒る人は誰もいない。

私は部屋着を脱ぎ捨て、部屋に干してあったシャツを羽織り、ジーンズに穿き替える。歯を磨いたあと、簡単な薄化粧をして、髪をクシで整えたら、準備は終了。あとはバイト先へ向かうのみだ。

出かける前に、洗面台の鏡で全身を確認する。一応、レストランのウェイトレスという客商売なので最低限は気を使わないとね。

鏡に映るのは、いつもの私。首を傾げて笑みを浮かべてみれば、鏡の中の私も同じ動作をする。

そこで、ふと異変を感じた。

肌が透けている……？

目を凝らしてみたところ、私の背後にある洗濯ラックが鏡に映っていた。透明感のある肌には憧れるけど、これじゃ透けすぎだって！　いったい、どうしちゃったの!?

「なによ……これ‼」

意味がわからず恐怖に震えはじめた時、意識が途切れた。


——周囲が騒がしい。

そう感じた私は目を閉じたまま、ピクリと眉を動かす。

背中が冷たく感じるのはどうして？　まるで、固い床の上に倒れているみたいだ。そして、なにか大事なことを忘れているような……

その時、ハッとした。

「バイトに遅刻するっ！」

くわっと目を見開くと、周囲に数名の人がいて、皆が私を見下ろしていた。床に寝そべった状態で囲まれていたことに度胆を抜かれてしまう。

ちょ、ちょっと待って、ここはどこ⁉

「なっ……‼」

身の危険を感じ、慌てて上半身を起こした瞬間、額に衝撃が走る。どうやら起き上がった時になにかとぶつかったのか、額が痛い。

私が急に起き上がったことにより、取り囲む人たちが離れた。私は床に這いつくばって部屋の隅まで行くと、壁に背をつける。

そこで改めて周囲を見回す。

ロウソクがともされた薄暗い部屋は、だいぶ広かった。だけど、窓が一つもない。床下にはゲームでしか見たことがないような魔法陣が描かれていた。しかも、それがほのかに光っている。魔法陣の近くには、ガラス細工の小瓶がいくつも転がっていた。

目の前に広がる異様な風景に、私は目を見張る。これは夢なの？

ごくりと息を呑み、室内の人間の数を確認した。

一人、二人――四人もいる。彼らはいったい、なにをしていたのだろう。

おまけに彼らは皆、普通の服ではなく、白い長衣を羽織っていた。まるでゲームの神官が着るような服だ。

暗くてよく見えないが、一様に彫りの深い顔立ちをしている。髪の色はブロンドやら茶色やら様々だ。

皆、うろたえた表情をしている。

「まさか本当に現れるとは――」

ふいに、一人が口を開いた。聞こえてきた言葉に、私は衝撃を受ける。なぜなら、それは日本語ではなかったからだ。その上、私が知っているどの言葉とも違うらしく、イントネーションなどにも全く聞き覚えがない。

だけど、どうして言われた内容を理解できるのだろう。どこの言葉かもわからないのに、脳内ですぐさま変換されるのだ。

「あ、あなたたちは誰⁉」

私が言葉を発したことにより、周囲にどよめきが走った。

だが、私自身が一番驚いている。

私の口から出た言葉は日本語ではなかった。それに気づき、さらにパニックになってしまう。

なにこれ⁉　どうなってるの？　私は日本語しか話せないのに！

その時、一人の男性が進み出た。恐怖で体がビクッと震える。私はなにをされるのだろう。

前に立ったのは、五十歳ぐらいの男性だった。彼は私の脅(おび)えた様子を見て、困ったように微笑する。

「大丈夫です。落ち着いて下さい」

これが落ち着いていられるか！

叫びたいけど、緊張して声が出ない。口をパクパクと開けるだけになってしまった。

「あなたの身の安全は保障します。まずは事情を説明しましょう」

そう言った男性は、周囲の人間とは少し違う長衣を羽織っている。白い服の胸元には大きく金の刺繍が施されていた。もしかして、この中で一番偉い人なのかもしれない。

そう思いながら、男性の顔を見つめた。

白髪まじりの黒髪の男性の顔には、深い皺が刻まれている。優しげな眼差しが、私を真正面に捉えていた。

そんな彼の高い鼻から、一筋の血が流れている。

それを見て、先ほど額に感じた衝撃は、彼の顔面とぶつかったせいだったのだと理解した。

やばいよ、鼻血を噴かせちゃったよ！

「急いで上に報告を」

男性が遠巻きに見ている周囲の人間にそう伝えると、それを聞いた一人が慌てて部屋から出ていった。男性は続けて、他の皆に部屋から出るように指示する。

命じられた人たちは逆らうことなく、部屋の隅にあった扉から出ていった。

皆が出ていき、優しげな男性と二人っきりになると、ほんの少しだけ緊張が和らいだ。

でも、まだ油断はできない。

「脅(おび)えないで下さい。あなたに危害を加えることはありません」

男性は私の目の前に膝(ひざ)をつき、視線を合わせてきた。

そして白い衣が汚れることを気にする様子もなく言葉を続ける。

「私はレオンといいまして、ランスロード国の神官をしています」

「ラ、ランスロード……？」

聞きなれない横文字に、私は首を傾げた。

「ええ、ランスロード国です。ここに、あなたは召喚されました。床に描かれた魔法陣はそのためのものです」

そこで視線を床に向けると、先ほどまで青白い光をはなっていた魔法陣の光が消えていた。

「そ、それって――」

まさかの異世界召喚!?

ごくりと喉(のど)を鳴らし、恐る恐る口を開いた私に、レオンと名乗った男性は微笑む。

「あなたには、この国で暮らしていただくことになります。ようこそ、ランスロード国へ。あなたの出現に、国中が歓喜に包まれるでしょう」

私は間髪(かんはつ)いれずに叫んだ。

「嘘でしょう!? な、なにしているの。わ、わ、私を帰して下さい!」

はい、わかりましたと納得できるか! 勝手に連れてくるなんて、拉致じゃないか!

そもそも私の人権は無視?

「申し訳ありません。まずは落ち着いて下さい」

「無理! いきなりこんなところに連れてきた事情を説明して!!」

レオンさんは興奮状態の私をしばらく見つめていたけれど、急に立ち上がる。

「まずはこの部屋から出ましょう」

彼はそう言って手を差し伸べてきた。だが、私は即座に首を横に振る。

「いえ、自分で歩けます」

知らない人に甘えてはいけないと、その手を取らずに自分で立ち上がった。

「こちらへお願いします」

レオンさんに促されるまま薄暗い部屋から出ると、上に続く長く急な階段があった。

高い場所にある窓から光が差し、そのまぶしさに目を閉じる。

階段を上り切った先にある扉を開くと、視界に廊下が飛び込んできた。

広い廊下には、濃い緑の絨毯が敷き詰められている。壁際には高そうな花瓶が一定間隔で置かれ、豪華な花々が飾られていた。いくつも連なる窓は、すべてがピカピカだ。

ここは、とんでもない金持ちのお屋敷なの？　恐れをなした私は、足を止める。

「ついてきて下さい」

だがそんな私にはお構いなしで、レオンさんはさらに進む。

いったい、どこへ行くつもりなんだろう。信用してついていってもいいもの？　だが、迷っていても、どうしようもない。彼のあとをついていくしかないので、再び歩き出した。

そのまま豪華な一室へと通される。すると、そこには侍女らしい格好をした女性数名が待ち構えていた。彼女たちは私の格好を見て、眉をひそめる。あ、すみません、私の普段着はジーンズなんです……

レオンさんが退出したかと思うと、侍女の皆が一丸となって、手早く私の服を脱がしはじめる。驚いて抵抗したけれど、無駄だった。そして、なぜかドレスに身を包むこととなった。

ドレスは可憐で清楚な印象で、薄く透けるチュール素材の生地に、小花の刺繍とビーズが縫い付けられている。純白のため、ウェディングドレスを思わせた。

次に、髪を高く結い上げられ、薄化粧まで施された。いったい、どこのお姫様なんだ、と言いたくなるくらい気合を入れすぎだ。もしや、こんな重苦しい格好が普段着なの!?

鏡に映る自分の姿に呆然としていると、扉がノックされ、レオンさんが入室してくる。

「準備が整いましたね」

そう言った彼は、人払いをした。私は、まだ混乱中だ。

「そう言えば、お名前を聞いていませんでした」

レオンさんの言葉に、私は戸惑いつつ答える。

「た、田中里香です。リカと呼んで下さい」

「リカ様ですね」

「それで、わ、私はいつ頃帰れるのでしょうか……？」

そうよ、こんなドレスを着て『わー素敵』なんて呑気に思っている暇はない。早々に帰してくれ。

でも、レオンさんは首を横に振る。

「まずはこの国の王に会っていただきたい」

「えっ」

今、王って言った!? やたらお金持ちそうだと思ったけれど、ここはお城なの!?

逃げ腰になっていると、レオンさんが急かしてくる。

「リカ様、行きましょう。召喚が成功したと聞き、王はあなたに会うのを待ちわびています」

ちょっと待って、諸々質問があるのだけど！

しかし、レオンさんは待ってくれず、強引に連行された。どこをどう歩いたのか、やがて豪華な装飾が施された立派な扉前へ辿り着く。

その扉が開いた先には、赤い絨毯が長々と敷かれていた。それが続く先を視線で追えば、周囲より一段高くなっている王座が目に入る。

そこに腰かけている人物に気づき、私は目を見開いた。

あの人が、きっと王だ。彼の王者らしいオーラは遠目でもわかるほどだった。緊張で思わず後ずさる。

「あの、王は私をどうするつもりですか？」

もしかして処罰されたり？　急に不安になって、レオンさんに小声でたずねた。

「それは、これから王の口から聞かされると思います」

そう答えたレオンさんは早く進めと言わんばかりに急かしてくるけれど、私はこの空間に漂う空気に圧倒されて足が動かない。

「リカ様、我が王は慈悲深いお方です。決してあなたに危害を加えたりはしないと約束いたします」

レオンさんの言葉のおかげで少しだけ落ち着いた私は、深呼吸をして前を向き、足を踏み出す。

ふかふかの絨毯を踏みしめながら足を進め、王の前まで近づくと、隣を歩いていたレオンさんが足を止めた。そして、その場で片膝をついて頭を下げる。私も急いで足を止めたけれど、これって同じようにしゃがんで膝をつけばいいのかしら？

見よう見まねで彼と同じ動作をしようと試みたものの、このドレスではしゃがみ込んだら最後、自力で立ち上がるのは難しそうだ。絶対、裾を踏んでしまう。

困惑したまま、立ち尽くして王座へ顔を向ける。すると、王と視線がぶつかった。

茶色の髪は白髪まじりで、彫りの深い顔に皺が深く刻み込まれている。整った造りの美形で、瞳は深い青だ。

立派な顎髭を生やし、威厳を感じさせる風貌ながら、その眼差しには優しさを感じた。黒で縁取りされた真紅のマントも、様になっている。年齢はレオンさんと同じ、五十歳ぐらいだろうか。

じっと見ていると、レオンさんにドレスの裾を引っ張られ、我に返った。

彼は続けて、目で合図を送ってくる。

けれど、その意図が読めない私は、怪訝な顔をしてレオンさんを見つめた。すると、ますます焦るレオンさん。そんな表情を向けられても、困ってしまう。

「レオン、堅苦しい挨拶を強要せずともよいから、早く紹介してくれ」

その時、王座から笑いを含んだ低い声が聞こえた。

それに、レオンさんが答える。

「王、召喚の儀式が無事に成功しましたことをご報告いたしましょう。自分の口からこのような報告ができたことを、喜ばしく思います。ひとえにこれは、王の日頃の善行を神が見ておられ――」

「ああ、いいから、レオン！　堅苦しい挨拶は抜きだと言っただろう」

じれったくてたまらない様子の王は私を視界に入れ、改めて口を開いた。

「よくぞ我がランスロード国へ舞い下りてくれた、心から歓迎しよう!!　私はこのランスロード国の国王、アーサー・カドリックだ。そちの名前はなんという？」

「リ、リカです。は、はじめまして、王様」

ドキドキしながら返答すると、王は豪快に笑う。

「そうかしこまらないでくれ。私たちはこれから長い付き合いになるのだから」

「な、長い付き合いってどうしてですか？」

「レオンから聞いていていないのか？」

そこで王はレオンさんに視線を向けた。レオンさんはその意図を読んだらしく、答える。

「はい、私から事情を説明するより、王の口から聞く方が説得力があると思いましたので」

「そうか、では私から説明するとしよう」

そう言ったあと、王は軽く咳払いをして語りはじめた。

「ランスロード国の王族には、代々行われている儀式がある」

王が真剣な表情になり、緊張が走る。私は話を聞き逃さぬよう背筋を伸ばし、耳を傾けた。

「その儀式というのが、花嫁召喚だ」

花嫁召喚？　聞きなれない言葉に、思わず首を傾げる。

「遥か昔、この国は内乱が続き、荒んでいた時代があった。そんな時、国をなんとか救う手立てはないものかと、力を持つ神官たちがわらにもすがる思いで召喚の術を行ったのだ。そこで一人の女性が現れた。人々は彼女を神から遣わされた女性だと喜び敬った。その女性が王族の一人と恋に落ち、神の権威と国が結びついたことで王家の威光が高まり、内乱が治まり国は繁栄した。それ以来、神に選ばれた女性が現れるのを願い、代々花嫁召喚が行われている」

なんだか難しい話を聞かされて、ますます混乱する。

「花嫁召喚は何百年と続く、王族の重要な儀式だ。だが、あくまでも形式上のもので、実際に花嫁が召喚されたことは数百年前に一度だけだと聞いている。まさか本当に現れるとは誰もが思っていなかった」

説明する王の顔をじっと見つめた。それが私と、どう関係するのだろう。考えていると、横からも声が聞こえた。

「だからこそ今回の花嫁出現に、誰もが驚きました」

レオンさんが真っ直ぐに見つめるのは、私だ。

「それが、私とどう関係が……？」

なんとなく嫌な予感があるけれど、認めたくない。恐る恐る切り出せば、王が微笑んだ。

「そう聞いてもらえると、話が早い。私の息子と結婚してくれ」

「は!?」

無礼は承知で、首をぶんぶんと横に振り、大声を上げた。

「む、無理です！」

「リカ、君こそが神アスランが我々に遣わした花嫁だ。こうやってリカが現れたことには、神のなんらかの意図があるのだろう」

「いえいえいいえ!!　できませんよ!!」

いきなり結婚しろとか、無理に決まっている。それに相手の顔だって知らないし！

この王様の息子だっていうのだから、美形間違いなしだと思うけど、そんな簡単に決めていい話ではないはずだ。

拒否を貫く私に、王が言い募る。

「もう一つ事情があるのだ。ここ最近、王子の花嫁の座を巡って、国内の有力貴族の間で小競り合いが起きている。それが派閥争いにまで発展しそうな勢いになっていた。国内で争いが起きると国が荒れるので、王として黙って見ているわけにもいかず、頭を悩ませていたのだ」

「そ、それは、そちらの事情では……」

そんなお国事情は、正直私には関係ないと思う。

「だが、儀式によって花嫁が現れた。神の意思であれば反対の意を唱えるものはいないだろう。我が国は神への信仰があついのでな」

「いや、ですからね――」

ちょっと私の話も聞いて下さいよ。勝手に納得している様子だけど、私は認めていませんから。

「では、リカ。神殿の間へ行ってくれ。レオン、案内を頼む」

「はい」

王に礼儀正しく頭を下げるレオンさんだけど、私はパニックだ。

「え、ど、どこへ行くのですか⁉」

「さあ、リカ様。急いで行きましょう」

「だからどこへ行くのですか〜〜⁉」

叫ぶ私は、レオンさんに連れ出されたのだった。


広い回廊(かいろう)を、レオンさんに手を取られて進む。その間、彼は王の意図について説明してくれた。

「王は明るく振る舞っておられますが、実際、王子の花嫁を巡る争いについて悩んでおいでです。だからこそ急いで結婚させて、リカ様の立場を守ろうと考えておられるのでしょう」

「立場とは？」

「王子であらせられるエドワード様の花嫁になりたいと望む者は大勢います。それこそリカ様を蹴落(けお)としても……と考える輩(やから)もいないとは言い切れません。この結婚は、リカ様の立場を確かなものにするためです」

なんだか申し訳ない気持ちになる。空気を読まずにいきなり現れてごめんなさい……って、違うでしょ!?

むしろ、勝手に呼びつけてなに言っているの!? そうだ、私には怒る権利がある。

「レオンさん、私に拒否権はないのですか？」

「この結婚によって、衣食住を確保できると考えてはくれませんか？」

「え、でも……」

それを聞いて不安になる。結婚を拒否したら、はいさようなら、とばかりに外に放り出さないわよね？ 聞いてみたいけれど、聞くのが怖い。

「私は、元の世界に帰りたいんです」

そして他の女性を改めて召喚するといい。王子様との結婚に憧れている女性は、大勢いるはずだ。

「それは私の権限では決められないのです。申し訳ありません」

レオンさんの発言に、ガクッと肩を落とした。じゃあ、誰が権限を持っているの？

先ほど会った王様にはもちろん権限があるのだろうけど、簡単にうなずくとは思えない。では、王に次ぐ権力者で、思いつくのは――

そう考えつつ、レオンさんに質問してみる。

「王子様とは、どんなお方ですか？」

「エドワード王子は、王の若い頃そのままのお姿をしています」

それは、美形確実じゃないか！　そんな人物がいきなり私を差し出され、『この、のっぺりと薄い顔をした人物が、あなたの花嫁ですよ』と言われたって、納得するとは到底思えない。

そうだ、王子だって初対面の人間と結婚するのは嫌に決まっている。そもそも花嫁が現れるとは、誰もが思っていなかったのでしょう？　だったらちょうどいい。王子に頼んで、私を元の世界に帰すように王を説得してもらおう。流されるまま結婚なんて冗談じゃない。

レオンさんに案内されて歩みを進める間も、私は策を練った。いつの間にか城を出ていたのか、晴れた空の下、鳥のさえずりを聞いてハッとなり、慌てて周囲を見回す。

外から見る城はテレビなどでしか見たことがない、外国の城そのままだった。見上げるほど高い外壁には所々ツタが絡まっている。綺麗に整えられた庭園の中心にそびえ立つ城の存在感に、圧倒されてしまう。

レオンさんについて庭園を進むと、やがて太い一本の道が現れた。

「ここは道が悪いので、お気をつけ下さい」

レンガ造りの歩道は、少し欠けている箇所もあったので、でこぼこしている。雨の日はそこに水がたまってぬかるみそうだ。

それにしても、この服装は足元が見えづらいし重いので、歩きにくい。ドレスの裾を汚さないように、細心の注意を払って進む。

そうしてしばらく歩くと、目の前に大きな建物が現れた。木が茂る中にたたずむ神秘的な景観は、古い教会を思わせる。その建物を前にして、レオンさんが説明してくれた。

「ここが神殿になります」

その場所へ近づくにつれ、静穏な雰囲気が感じられた。周囲には、人の気配がない。

階段を上って神殿の中に足を踏み入れると内部は薄暗く、厳かな空気が漂っている。

レオンさんの背中を追いかければ、床に触れる靴の音が周囲に響き渡る。どうやら神殿の奥まで来たらしく、いっそう神々しさを感じ、緊張してきた。

中庭を囲む回廊を通り、さらに奥へ進むと、二人の女性がいた。彼女たちも神に仕える身なのだろうか、レオンさんと同じような長衣を羽織っている。私たちが近づけば、彼女たちはゆっくりと頭を下げた。

レオンさんが目で合図を送ると、女性の一人が私に近づいてくる。彼女は純白のレースでできた、何メートルもありそうな長いベールを両手に抱えていた。

「失礼します」

「あ、ありがとうございます」

そっと手を伸ばし、手際よく私にベールを被せてくれた彼女にお礼を口にした。しかし、ベールを被ったことにより、前がよく見えなくなってしまう。おまけに頭が重くなり、ふらふらする。

「行きましょう」

先に進むように促（うなが）されるけれど、ベールのせいで視界が薄暗く、どこを歩いているのかわからない。仕方ないのでレオンさんの後ろを慎重に進んだ。

やがてレオンさんが立ち止まる。顔を少し上げると、大きな扉が視界に入った。

重厚な扉は、私の背丈よりもずっと高い。そして、細かい部分の装飾まで美しかった。

レオンさんによって、その扉が開け放たれる。直後、私に向かって風が吹いた。

真っ先に視界に入ってきたのは、見上げるほど高い天井。そこから差し込む光がとても神秘的で、息を呑む。しばし美しい光景に見とれると同時に、この雰囲気に圧倒される。

「大丈夫ですか？」

緊張していると声をかけられたので、静かにうなずいた。

人の気配が感じられないこの場所に、私とその隣を歩くレオンさんの足音だけが響き渡る。

やがて目の前に、豪華な主祭壇が近づく。

その両隣には天使像が建ち、静かに周囲を見守っている。前には、背の高い椅子が二つ設置されていた。

レオンさんは、私に椅子へ腰かけるように言い、自分は祭壇の方へ近づいていった。

さっきから歩きっぱなしなので少し疲れたし、一息つきたいと思いながら、椅子の側まで行く。

そこで、隣の椅子に腰かけている人物がいることに気づいた。

私からは背中しか見えないが、もしかしてエドワード王子かもしれない。

ごくりと唾を呑み込み、手をギュッと握った。

彼にこの結婚は無理だと、早く直談判しなければ！

急いでベールを持ち上げて、顔を出した。視界が開けたことにホッとする。

そして、すぐさま椅子に座る人物へと視線を向けた。

つやつやして癖のないブロンドの髪に、天使の輪が輝く。青い瞳を真っ直ぐ私に向けているこの人がエドワード王子――私の結婚相手なの？

私は思わず叫んでしまった。

「子供じゃない!!」

エドワード王子は子供だった。せいぜい十二歳ぐらいだろう。

「失礼な!!　子供ではない」

ムッとした表情ですぐさま言い返すエドワード王子だけど、どう見ても子供だから。

少なくとも結婚できる年齢ではなさそうだ。

法律に引っかかる！　そんなのこの国では関係ないと言われても、私は気にする!!

なぜ私は異世界で、初対面の少年と結婚しなければならないのでしょうか。

……なんでだ!!

レオンさんが咳払いで落ち着くように訴えてくるけれど、これが落ち着いていられますか。

しばらくすると、レオンさんはあきらめたのか小さくため息をついた。

そして祭壇に向かって両膝（りょうひざ）をつき、なにやらブツブツと言いはじめる。

両手を組んでいるそのポーズは、まるで祈りを捧げているみたいだ。

なにをしているのか、全然わからない。それに、大人しく待っているわけにもいかない。

エドワード王子に直談判（じかだんぱん）しなければ！　けれど子供相手に話が通じるのかしら？

焦りながらも椅子に座り、隣にいる少年に接触を試（こころ）みることにした。

「ねぇ、ボク、ちょっと聞いてもいいかな？」

努めて優しい声色を出したところ、相手は一瞬、キョトンとした。彼は瞬(まばた)きを数回繰り返したあと、口を開く。

「『ボク』とは誰のことだ」

あきらかにムッとした様子を見せた彼に、内心焦った。

「え、あの、君だっていきなり結婚とか嫌でしょう？　この儀式について、どう思っているの？」

どうやら子供扱いが気に入らなかったらしい。だけど初対面なんだもの、どうやって呼んだらいいのかわからないわ。

静謐(せいひつ)な空気の中、レオンさんの声だけが響き渡る。

少年の返答を待っていると、彼は眉根を少し寄せた。

「神聖なる儀式の最中に、ペラペラと口を開くのはマナー違反だと思っている」

「……」

はい、おっしゃる通りでございます。悪い大人ですみませんでした。

だけど、わけもわからずこの場にいるのだから、私としては苦痛で仕方ない。

それに、このまま大人しくしていたら、場の雰囲気に流されて結婚という事態に陥(おちい)りそうだ。

いっそ、レオンさんが祈りを捧げている間に逃げ出そうか。だけど、どこへ行くの？　仮に逃げても、道もわからなければ、行き場所もない。

そこで隣の少年をチラッと横目で見る。

王とよく似た輪郭をした彼は、まるで映画の中に出てくる王子様みたい。

今からこんなに美形なら、将来が恐ろしいわ。きっと、誰もが憧れる王子様になるんだろうな。

「――カ様」

そんな彼が将来選ぶ女性は、どんな人かしら？　映画とかの定番だと隣国のお姫様よね。

「――リカ様」

彼の隣に並ぶ女性が、私なんてないわー。あり得ないわ。しかも年齢差を考えなさいよ。神様とやらも、人選ミスじゃない？

「リカ様」

「は、はい」

一人で納得してうなずいていたところ、名を呼ばれたことに気づき、反射的に返事をする。どうやら、先ほどからレオンさんに呼ばれていたみたいだ。しまった、全く祈りの言葉を聞いていなかったのが、ばれたかも。

真正面から見つめられて、苦笑いでごまかす。長々と続いたレオンさんの祈りは、いつの間にやら終わったようだ。レオンさんは優しく微笑み、王子へ視線を投げた。王子はうなずくと、なにやら胸ポケットをガサゴソと探りはじめる。

その仕草が可愛らしくて、微笑ましく思ってしまう。

兄妹がいないからよくわからないけれど、弟がいたら、こんな感じなのかしら。

私はそう考えつつ、うつむいて胸ポケットの中を探る王子を温かい目で見守っていた。やがて彼の頬がパアッと明るくなる。どうやら目的を果たした様子だ。よかったね。

そして、彼は私に視線を向けてきた。

首を傾げて見ていると、手招きされる。なに？　と首を捻れば、早く来いと言わんばかりに、手招きが激しくなった。

十分近くにいるので、わざわざ呼ぶ必要なんてないのに。

そう思いながらも、可愛らしい顔をした彼に近づく。すると、彼はもっと近くに来いとでも言いたげな表情を浮かべた。

言いたいことでもあるのかと、私はさらに顔を近づける。その時、彼の手がスッと伸びてきたと思ったら、なにかを首にかけられた。

驚きながら瞬きすると、レオンさんの拍手が響く。

「おめでとうございます、エドワード王子、リカ様」

え？　なにがおめでたいの？

怪訝な表情を向ければ、レオンさんが口を開いた。

「結婚の儀は無事に終了しました。これで二人は、神に祝福された夫婦となります」

「は⁉」

いったい、なにがどうなってるの⁉

「そんなこと、認めていないわ！」

思わず叫んだけれど、レオンさんは落ち着いている。

「ですが、リカ様は先ほど『はい』と返事をなされました」

確かに言った。だけど、名前を呼ばれただけかと思っていたのに。

「それに、王子の指輪を受け取ったのは、リカ様も納得されたからだとばかり」

レオンさんの視線の先は、私の首元だ。

そこでハッとして確認すると、ネックレスがかけられていた。その先になにかがついている。

「これは指輪？」

指輪は細かい模様が入っていて、緩(ゆる)いカーブが優雅な雰囲気だ。アンティークテイストで、質がとてもよさそうだった。

「代々王家に伝わる指輪です」

「なぜ、そんなに大事なものを私に!?」

焦っていると、横から子供の声が聞こえる。

「それは花嫁となった者に贈られる指輪だ」

「ちょっと待ってよ！　いきなり、そんなこと言われても困るわ!!」

大人げないと自分でもわかっている。つい、子供相手に怒鳴ってしまった。

「これは受け取れない」

指輪を首から外して王子に渡そうとすると、ポツリとつぶやきが聞こえた。

「……嫌なのか」

「そりゃそうよ!!　結婚は、こんなに簡単に決めちゃいけないわ。もっと長い時間をかけて、一生一緒にいたいと思える相手とするものよ」

「そんなに……嫌か」

あれ……？

まずい。ズルズルと鼻水をすする音が聞こえてきた。おまけに涙声だ。

「あなたが嫌だとかじゃなくて、あのね、なんていうのか、まだ早いと思うの」

しどろもどろに弁解している間も、王子の目には涙が溜まっていく。

「いや、だからね。お互いを知らないのにね……」

助けてほしくてレオンさんに視線を向けたら、慌てて逸らされた。

ちょっと、知らんふりしないで助けてよ〜！

焦る私の前で、王子が涙ぐみながら話しはじめた。

「神なるアスランが、僕に花嫁を授けてくれると信じていたんだ。小さい頃からそう言われ続けていて、現実に花嫁が現れたから、嬉しかった」

そ、そんな……。これぞまさに、刷り込みってやつかしら？

「だけど花嫁に、こんなに嫌われてしまうなんて……」

「いやいや、そうじゃなくてねっ！　小さい頃からこの儀式について聞かされて育ったあなたから見たら普通の状況かもしれないけど、私はね、ほら、心の準備が必要だから」

なんとかなだめようと、子供相手に必死になる。

「心の準備とは、どのくらいでできる？　明日？　三日後？」

「それはわからないわ。だけど、すぐには無理かな」

正直に答えれば、彼はやや うつむいた。なにかを思い悩むように、眉間に皺を寄せている。

「……いつまでかかる？」

「うーん……ごめんね、わからない」

ここでごまかすより、きっぱり告げる方を選んだ。こう答えれば、彼も余計な期待を持たずに済むだろう。

返答を聞いた彼は瞬きをしたあと、スカイブルーの瞳で私を真っ直ぐに射貫く。

「……じゃあ待つ」

「え？」

「心の準備ができていないというのなら、できるまで待つ」

「だ、だけど、すごく長くかかるかもしれないよ」

意外な言葉を聞いて焦った私は、そう言った。

「大丈夫だ！　まだまだ時間はあるし！」

胸を張って言い張る彼は年相応の子供らしく、可愛かった。だがしかし、ここで流されるわけにはいかない。

だって私は、この世界にたまたま来てしまっただけ。

申し訳ないけど、結婚なんてしてたまるか！　バイトだってあるし、早く帰らねば！

「でもね――」

「リカ様、少しお待ち下さい」

声を上げた途端、レオンさんに遮られる。

「まずは場所を変えましょう。そこでリカ様へご説明したいと思います」

確かにここは神聖なる場所だし、騒いではいけなさそうだ。

レオンさんの提案にうなずき、神殿をあとにした。

歩いてきた道を戻り、最初に通された部屋へ戻った私は、重苦しいドレスを脱がされた。改めて見てみると、これはウェディングドレスだったのね。今頃気づいた自分の鈍さを呪う。

用意された着替えは先ほどよりも華美ではないけど、やっぱりドレスだ。愛用していたルームウェアを懐かしく思いながら、しぶしぶ袖を通した。

着替えていると、首元に光るネックレスが視界に入る。これ、このままでいいのかな。まあ、指輪についてはあとで考えよう。まずは、今後のことをよく考えなくては。考える暇もなくここまで来て、いきなり既婚者になったわけだけど、認めるわけにはいかない。もう一度じっくりと話を聞こう。

そう、聞きたいことは山ほどあるのだから。

着替え終えた私は、部屋のソファに腰を落ち着けた。改めて部屋を見回すと、趣味のいい西洋風の調度品が視界に入ってくる。映画の中みたいな光景に、これまた映画の中の登場人物のような王子様。改めて考えると、やはり夢を見ているんじゃなかろうか。

高級そうな家具ばかりの広い部屋では、身の置き所がわからなくて落ち着かない。私がこんなドレスを着たところで、あきらかに場違いでしょう。

そう考えていると、扉がノックされる。返事をしたところ、レオンさんが入室してきた。その直後、侍女が紅茶のカートを押して入ってくる。侍女は手際よく紅茶を準備すると、一礼をして去っていった。

出された紅茶のカップに口をつける。ふわっと香る茶葉の匂いで、少しだけ落ち着いた。それと同時に、喉（のど）がカラカラだったことに気づく。今さらそんなことに気づくなんて、私はどれだけ緊張していたのだろう。でも、そりゃそうか。いきなり異世界トリップの上、結婚ときたのだから。

そう、結婚だよ、結婚!!

人生の一大イベントがこんな簡単に行われるとは、夢にも思わなかった。紅茶を飲み干して一息つき、ソファにもたれかかる。

「落ち着きましたか？」

声をかけられて思い出す。そうだった、レオンさんがいたのだった。まったりするにはまだ早い。

「そもそも私が選ばれたのは、なにかの間違いじゃないですか？」

そう切り出した私に、レオンさんは首を横に振った。

「魔法陣は完璧に描かれていました。それに、必要な聖水などもすべて揃えた上での儀式です。たまたまなどということはあり得ません」

「……そうですか」

力説するレオンさんに答える私の声は小さい。

「このままランスロード国に留まる気持ちはありませんか？」

「それはありません」

いきなり違う世界で暮らせって言われても、納得なんてできるわけない。私には私の生活があるもの。気がかりなのはバイトのシフト！　長期無断欠勤になったらクビになってしまう。今のところは時給もいいし、気に入ってたんだけどなぁ……そうなったら次を探すしかないか。

考え込んでいると、レオンさんが口を開く。

「ですが、ここで召喚の儀式が成功したのにも、なんらかの意味があったと思います。すべては神の決めたことですから」

そう言われても、あなた方と違ってそんな簡単に納得できるわけじゃないんです！

特にどこの神を信仰しているわけでもないので、そう叫びたいけれど、ぐっと堪えた。そして、ふと思いついたことを言ってみる。

「成り行きで結婚してしまったわけだけど、それは今だけ、という考えではダメですか？」

「それはどういう意味でしょうか」

「つまり、一時的な結婚です。だって、花嫁を召喚するけれど、その花嫁と一生添い遂げなければならないという決まりはないんですよね？」

この考え方ならば、とりあえず結婚はしたものの、離婚という形でもいいのだ。ランスロード国の戸籍制度がどうなっているのか知らないけれど、私自身にここでの離婚歴がつくのは構わない。

「王とエドワード王子が納得するのか、わかりかねます」

「むしろ、そっちの方が都合がいいんじゃないですか？」

そうよ、特別な力もない私よりも、隣国のお姫様などを嫁に貰った方が政治的にいいはず。それになにより、私と彼には歳の差があるじゃない。彼が年頃になったら、間違いなく美男子に成長するだろう。その隣に並んでいるのが私だなんて、恥ずかしい。絵にならないわ。

「あの王子も大きくなったら、若い女性の方がよくなると思います、きっと！　将来、本当に結婚したいと思える相手と、改めて結婚すればいいじゃないですか」

いくら儀式の結果とはいえ、私と彼では釣り合わない。だったら、もっとふさわしい相手を探すべきだ。

「だからレオンさん、この花嫁召喚という儀式について、ひいては私が帰る方法について、詳しく調べてもらえませんか？」

語気を強めてレオンさんにそう伝える。いきなり知らない国に召喚されて結婚だなんて、私としてもやっぱり納得がいかない。

「王にも、直談判（じかだんぱん）したいと思います」

そう、国のトップに直接交渉するしかないと、私は意気込んでいた。

「わかりました。神殿の奥に古い書物を数多く収蔵している書物庫があります。時間はかかると思いますが、そこで調べましょう」

「お願いします」

レオンさんが約束してくれたことに、ホッと安堵（あんど）する。

するとレオンさんがたずねてきた。

「逆に言えば、書物の解読が終わるまでは、王子のお側にいてもらえますか？」

「レオンさん？」

すがるような眼差しで頼みごとをしてくるレオンさんを見つめたところ、彼は口を開いた。

「エドワード様が幼い頃、王妃様が亡くなっております。そんな事情もありまして、エドワード様には甘えられる女性が必要だと思うのです」

「えっ……」

私は、驚きに目を瞬かせる。

「その立場ゆえに、寂しいと口にすることができずに育ってきましたが、本来ならもっと甘えたいのでしょう。夜に一人でシーツに包まり、泣いている時もあると報告を受けています」

「そうだったの……」

脳裏に浮かんだエドワードの姿が、昔の自分と重なった。

親を亡くした辛さは、私もよく知っている。愛情をくれる親がいる日々が当たり前だと信じて疑わなかったあの頃。それがどんなに幸せなことだったのか、失って初めて気づかされた。両親がいっぺんにいなくなり、不幸のどん底へ落とされた気がしたものだ。しばらくは毎日泣いて過ごしていた。これほどまでに悲しいことがあるものなのかと、すべてを恨んでいた。

切なさに涙を流す日々が続いたある日、鏡を見た私は、そこに映った自分の顔に驚愕（きょうがく）した。

目は生気を失ってよどみ、隈（くま）もできていて、病的なまでに頬がこけていた。

『これは誰？』

一瞬、本気でそう思ってしまったくらいだ。私の健康を考え、食事に気を使ってくれていた母が見れば嘆（なげ）くだろう。もちろん、父だって同様のはず。そこでふと気づいた。

私が泣き暮らしていては、きっと両親は浮かばれない。私にできることは、二人が安心するように、健康で楽しく暮らすことだ。亡くなった両親に、心配をかけたくない。

そこからは、時が悲しみを少しずつ癒（いや）してくれた。もちろん、すべてが順調だったわけもなく、時には涙を流した夜もあった。

まだ幼いエドワードも、そんな夜を過ごしたりしているのかしら？　その辛さが痛いほどわかるため、このまま彼を放って帰ってしまってもいいのか、考えはじめた。

「リカ様がお側にいると、王子の表情が明るく見えました。きっと嬉しくてたまらないのだと思います」

「……」

自分の経験からいって、辛い時に側にいてくれる人がいるのといないとでは、全然違う。私も辛い時、誰かに側にいてほしかった。せめて兄妹でもいれば、ちょっとは違ったのかもしれないと思ったっけ。エドワードは、その役目を私に求めているのだろうか。

うつむき、押し黙って考えた私は、しばらくして顔を上げた。

「本当の花嫁としては無理ですが、王子の気持ちが少しでも落ち着くのなら、側にいましょう。母親代わりは無理でも、姉のような立場にならなれると思います」

「リカ様」

「ただし、帰るまでの期間限定になりますけれどね」

もういいや、深く考えることは後回し。どっちにしろ、今すぐには帰れないのだから。

それならば、私を望んでくれるエドワードの側にいて、帰るその日まで、彼の成長を見守ろう。

私がいることでエドワードの悲しい気持ちが薄れるのならば、私がこの世界に召喚された意味があったのだと、そう思える。

その時、急に扉が開き、大きな足音が響いた。

「レオン！　話は終わったか⁉」

いきなり現れたのはエドワードだった。彼は興奮しながら側に駆け寄ってくる。

「で、いつ頃心の準備ができるか考えたか？」

私の返答をわくわくした様子で待つ彼は、あまり話が通じてないらしい。そんな彼に苦笑しつつ、私は口を開く。

「まずはご挨拶(あいさつ)しましょう、王子」

「ん？　名前ならレオンから聞いた」

「違います。ちゃんと自分の口から」

そこで彼と真正面から向き合う。

「はじまして、王子。私はリカです。年齢は十九歳ですよ」

「エドワード・カドリックだ。十一歳になる」

そこでスッと手を差し出す様子は、幼いけれど様(さま)になっている。好奇心いっぱいの瞳を向けてくる彼は、きっと結婚の意味をあまり理解していないのだろうな。だからこそ、こんな表情を浮かべているに違いない。もう少し年齢が上だったら、『こんなのっぺり顔が俺の嫁⁉』と残念がっていたはずだ。

「よろしくな、リカ！」

無邪気な笑顔を見て、改めて思う。

彼はきっと、幼い頃から儀式のことを聞かされて、召喚された私と結婚するべきだと思い込んでいるだけだ。

差し出された手を握り返し、キラキラと輝く純粋な瞳を見つめていたら、扉がノックされた。

「エドワード様、失礼します」

「クラウスか」

扉が開き入室してきたのは、黒い短髪に切れ長の目を持つ青年だった。年齢は私と同じぐらいだろうか。

「リカに紹介する。クラウスだ」

エドワードがそう告げると、クラウスは深くお辞儀をした。

「クラウス・ディーンと申しまして、エドワード様の付き人をしております。どうぞクラウスとお呼び下さい、リカ様」

「はじめまして、クラウス」

しっかりとした挨拶をされて、私も姿勢を正す。

「クラウスはいくつなの？」

「十五になります」

「えっ？」

年齢を聞いて驚いた。だって、十五歳とは思えないほど落ち着いた物腰だし、背なんか私より高い。

「しっかりしているから、私と同じぐらいに見えたわ」

本心をポロリとこぼせば、クラウスは口の端を少し上げて微笑した。

「リカ、僕は僕は!?」

袖を掴まれたのでそちらを向くと、エドワードが期待に満ちた目で自分を指さしている。

スカイブルーの瞳はキラキラと輝き、まるで美しい宝石のようだ。頬は興奮で赤く染まっていた。長いさらさらのブロンドといい、本当に映画に出てきそうな美形の王子様だ。

「エドワードの印象は、王子様だったわ」

ワクワクして待っている彼に、素直に答える。

「なんだよ、それ。クラウスばかりが褒められて、僕はちっとも嬉しくない！」

下からにらまれるけれど、それすらも微笑ましい。だって、視線が私よりずっと下にあるのだから。

弟って、こんな感じなのかしら。

それにしても、彼には私の気持ちがうまく伝わらなかったみたい。これは言葉が足りなかったわ。

反省しつつ、私はさらに口を開く。

「いや、あのね。可愛いって思ったのよ」

「可愛い？」

不思議そうにコテンと首を傾げたその姿も、とても可愛らしかった。

「そう、エドワードは可愛い王子様、ってことよ」

「ぼ、僕は男だからな！　可愛いなんて嫌だ！」

エドワードは、私に人差し指を突きつけながら叫んだ。口では嫌そうなことを言っているけれども……

「エドワード、顔が真っ赤よ」

「……う、う、うるさい！」

これは彼の照れ隠しなのだろう。わかりやすい反応が微笑ましくて、声を出して笑ってしまう。

こうして和（なご）やかに話していると、さっき会ったばかりだと思えなくなる。

それによく考えてみれば、形式上とはいえ、私とエドワードは結婚しているのだ。これも、夫婦の会話と言えなくはないのかもしれない。

「エドワード様は、リカ様をすっかりお気に召されたようですね」

レオンさんがそう言うと、クラウスもうなずいた。

本当にそうなら、いったい、どこを気に入ってもらえたのかしら？

「それは当然だ！　だってリカは僕の花嫁なのだから！」

照れながらも胸を張ったエドワードを見て、不覚にも一瞬ドキッとしてしまう。

相手は子供なのに……

いや、なんにせよ、嫌われるよりは慕（した）ってもらえた方が嬉しい。

刷（す）り込みってやつで懐いているだけかもしれないけど、それだけ純真だってことだよね。そんな気持ちを持ったまま、成長してほしいな。

レオンさんに神殿の書物を調べてもらう間はエドワードの側にいようと、改めて決意した私は、深呼吸をした。

「これからよろしくね、エドワード」

私の言葉から決意を感じ取ったのか、エドワードの後ろに控えているレオンさんの表情も輝いた。

「ああ！　よろしくな、リカ」

無邪気に笑うエドワードを見ていると、この決断を後悔はしないだろうと思えた。

翌日、目覚めると、私はふかふかの広いベッドでお日様の香りのするシーツに包まれていた。寝ぼけつつも、ここはアパートの部屋ではないと気づく。

横になったまま複雑な模様のついた高い天井を見て、これまでのことは夢じゃなかったのだと理解する。

怒涛（どとう）の一日だった昨日、エドワードたちと別れてからこの部屋に案内された。よほど疲れていたらしく、ソファに腰かけた途端、私は眠ってしまった。

夕食も食べずに眠り続け、途中で一度起こされてベッドへ連れていかれ、また眠りについた覚えがある。ようは延々と眠っていたのだ。

昨晩の私は、ドレスじゃ眠りにくいと判断したのか、一度起きた時に無理矢理ドレスを脱いだようだ。今の私はシミーズ一枚という軽装だし、床に脱ぎ捨てられたドレスがあった。

寝ぼけた頭で顔を洗い、侍女が用意してくれた服に着替える。

部屋で朝食を取り終えると部屋の扉がノックされ、レオンさんが顔を出した。

そして彼に促され、部屋を出たのだった。

「昨日、無事に式が終わったとの報告を受けた」

そう言って安堵の息を吐き出したのは王だ。

私は、レオンさんと共に王へ報告に来ていた。本当は昨日報告するつもりだったそうだけれど、私が眠ってしまったので、早朝に顔を出すことにしたのだとか。

一晩経ったことで、私の心もだいぶ落ち着いている。

私の様子を見て、王はホッとしたように口を開いた。

「しかし、せっかくの式なのに、いろいろと忙しなく申し訳ない。花嫁が現れたらそのまま婚姻の儀を行う決まりだったとはいえ、悪いことをした。いずれ落ち着いた時に、改めて国を挙げて盛大な結婚式を行うとしよう」

きっと私が現れるとは思っていなかったから、慌てて用意したのだろうな。

「あの、そのことなのですが……」

私は、昨日考えたことをおずおずと切り出す。

「必要な儀式だということはわかりました。でも、私が正式な花嫁になるということは保留でお願いしたいのです」

するると、王は不思議そうな顔をした。私はさらに言葉を続ける。

「いきなり召喚されて、この国で一生を過ごしますなんて簡単に決められるものではありません。生活していた世界に未練があります。だからこそ『期間限定花嫁』ということで、実際は『子守り役』感覚でいきたいと思っているんです」

「それをエドワード本人には伝えたのか？」

「いえ、それはまだ」

エドワードはきっといつの日か私以外の誰かに恋をすると思う。その時、私の役目は終わるだろうから、今伝えなくとも大丈夫なはずだ。

「すぐに元の国に帰りたい理由はありませんが、帰れる日がきたら帰ります。私を召喚できたということは、逆に帰すことも可能だと思うのです」

王はうつむいたあと、顔を上げて重い口を開いた。

「――では、こうしよう。召喚の花嫁が現れたことは、すでに大々的な噂になっている。なので、すぐさま貴族たちへお披露目をしようと考えていたのだが、君の気持ちが固まるまで、時間を置く。表向きの理由は、この世界に慣れてから行うためということにしよう」

意外にも、あっさりと私の言い分を呑んでくれた王に、驚いてしまった。

「レオンから、花嫁召喚について書かれている古い書物を洗いざらい調べてみたいとの報告を受けている。私の本音は、君には花嫁としてここに残ってほしい。だが、神から遣わされた花嫁に無理強い（むりじ）をして、神の怒りに触れることも恐れている。一番いいのは、君の意思でこの国に残ると決めてくれることだ」

もっと強引に、帰さない！　と言われるかと思っていたけれど、そうでもないらしい。王が話のわかる人でよかった。

「すべては神の意思なのだ。選ばれたのも、帰るのも。この世のすべては神アスランの考えのもとにある。もし君が帰ると決めたのなら、それも神の意思なのだと判断しよう。残念だがエドワードには他の婚約者を見つけることになると思うが」

それを聞いて少しホッとしていたら、王に声をかけられた。

「だが、一つだけ教えておこう」

「はい」

「エドワードはとても強情で、一度決めたらてこでも動かない部分がある。また、自分が気に入ったものには、深い愛情を注ぐタイプでな。それは物に対しても人に対してもそうだ」

その言葉に、ついクスリと笑ってしまう。あの可愛い顔で結構、頑固なのか、覚えておこう。

「私は息子が、君を落とすことに期待しよう」

なにか含みのある笑みを向けてくる王に曖昧(あいまい)に笑い返したあと、退室した。

退室後、私はレオンさんと並んで城の廊下を歩いていた。

「私はこの城の隣の建物、昨日式の行われた王室礼拝堂のある神殿にいます。なにかありましたら、そこへいらして下さい。もし困ったことがあれば、相談していただいて構いませんので」

「はい」

きっと、早々にレオンさんに泣きつくことになるだろうな。だって、この世界のことをなにも知らないし。

そう思いつつ歩いていると、廊下の向こうに人影が二つ見えた。

「リカ!!」

向こうも私に気づいたらしく、走り寄ってくる。エドワードとクラウスだ。

「父との話は終わったのか!?」

瞳を輝かせているエドワードは、なにかを期待しているように見えた。

「ええ、終わったわ。それよりもエドワード、朝は『おはよう』でしょう?」

優しく諭すと、エドワードは素直に挨拶をする。

後ろに控えているクラウスもまた、挨拶をしてくれた。

「今日はリカと一緒にいて、いろいろ案内してやる」

エドワードは、どうやら城を案内してくれるらしく、張り切っている。

「ありがとう。でも、エドワードのお勉強は?」

ふと疑問に思う。王子様なんだし、自分の勉強もあるんじゃないの?

「大丈夫だ、これからしばらくはお休みだから。その分、リカと一緒にいるように言われた」

「なるほど」

「父から『二人の蜜月を過ごすのだぞ』と命じられたのだ」

それを聞き、私は思わず噴き出した。な、なにを言っているのだ、王は!

「み、蜜月とは……?」

恐る恐る聞き返すと、エドワードはちょっと困ったような表情を浮かべた。

「それがよくわからないのだ」

「そ、そうなの」

苦笑いしていると、エドワードが首を傾げて口を開いた。

「リカは知っているか？　蜜月とはどんなことだ？」

「えっ⁉」

彼は私の返事を期待しているのか、興味津々といった様子だ。レオンさんは笑いを堪えているみたいで、肩が少し震えていた。

「ふ、二人で仲良く過ごすことよ」

「そうか」

納得したように笑ったエドワードが、手を差し出してきた。

「では仲良く手を繋いだら、城を案内しよう」

「ありがとう」

なんだろう、素直に手を差し出してくる仕草とか、すっごく可愛い。私より小さな手を包み込むように握ると、温かさを感じた。私を見上げる彼に微笑む。

だけど、これではどう見ても夫婦には見えないだろう。せいぜい、迷子の美少年と手を繋ぐ平凡女子といったところだ。

私がそう考えているうちにレオンさんは会釈をすると、その場から離れた。私は、手を繋いだエドワード、そして後方に控えるクラウスと共に歩みを進めるのだった。

「ここは図書室だ」

案内された部屋の扉を開くと、インクの香りがした。学校や市の図書館とは比べものにならないぐらい広くて驚いてしまう。ずらっと並んだ本棚には、びっしりと本が詰まっている。しかも両手じゃないと持てなさそうな分厚い本ばかりだった。

私は室内に足を踏み入れて、本棚の中から適当な一冊を選んで開いてみる。

初めて見る文字が並んでいるけれど、不思議なことに読めた。言葉と一緒で、自然と変換されるのだ。これも召喚の力なのかしら。

ともあれ、字が読めることが確認できて安堵した。おかげで暇な時は本が読める。

その時、後方にある扉が開く音がした。

「エドワード様、ごきげんよう」

振り返ると同時に可愛らしい声が聞こえてくる。

そこにいたのは、ほっそりとした手足に、ストレートの黒髪と大きな黒い瞳を持つ少女。年齢は、エドワードより少し上ぐらいかしら？　まだ子供に見えるけれど、紛れもない美少女だわ。

しかし、この国の美形率の高いことよ。お国柄なのか、それともたまたま美形が揃っているのか。のっぺり顔の私にも彫りの深さを分けてくれ！

そんなことを考えつつ、微笑む少女をまじまじと見つめてしまう。少女は気にした風でもなく、私の視線をスルーしていた。

「ああ、シンシア。レイモンド侯爵についてきたのか？」

エドワードの質問に、シンシアと呼ばれた少女がうなずく。

「ええ、父が用事を済ませている間、この図書室で過ごすつもりですわ。たくさん本が揃っているので、入るだけでワクワクする場所ですよね」

周囲の本棚をぐるっと見回すシンシアは、本が好きなのだろう、目を輝かせていた。

「ですが、エドワード様がここにいらっしゃるだなんて、珍しいですね」

「ああ、リカを案内していたんだ」

そこで少女の視線が私に向けられる。目をぱちくりとさせ、驚いているように見えた。

「シンシアに紹介しよう。彼女はリカ、僕の花――」

「はじめまして、私はリカよ。よろしくね、シンシア」

エドワードの紹介を思わず遮る。

だって、どこからどう見ても不釣り合いなのに、花嫁だって紹介されても恥ずかしい。

きっと相手も困惑するはずだ。

「まあ、エドワード様のご友人ですか？」

「ええ」

「すみません、私ったら、エドワード様のお付きの方かと思って挨拶もせずに……失礼な態度をとってしまいました」

いいのよ、お嬢さん、その勘違いは無理もないから！　こんな冴えない私が、王子の連れだとは思わないでしょう！

そこで、エドワードが神妙な顔をしているのに気づいた。なにかを言いたそうだ。

「どうしたの？」

首を傾げれば、訴えるような視線を向けられた。彼は唇を噛みしめたあと、シンシアに向かって口を開く。

「リカは友人でも侍女でもない。僕の大切な花嫁だ」

はっきりと告げられた言葉に、私は驚いて目をひん剥いた。

ええええええっ！　そこ、断言しちゃう!?　わざと濁したのに。

シンシアは少し呆然としたあと、私の方を見た。そして瞬きを繰り返し、再度エドワードに向き合う。

「そうなのですか」

「ああ」

断言するエドワードだけど、正直私はいたたまれないよ。変な汗をかいてきた。

「召喚の儀式が行われたと噂に聞いたのですが、本当でしたのね。父はそれを確かめるために、早朝から王を訪ねているのですわ」

納得したと言わんばかりにうなずいたシンシアは、再度私に視線を投げた。

「では、改めて自己紹介をさせていただきます。シンシア・レイモンドです。どうぞシンシアとお呼び下さい」

スカートの端を持ち、しっかりした挨拶をされて、こっちが恐縮してしまう。ずいぶんと大人びた子だなあ。彼女と同じ年の頃、私はなんにも考えていなかった気がするわ……

その時、図書室の扉が開いた。

「シンシア!!」

大声を出しながらこちらに近づいてきた少女を見て、思わず声が漏れそうになる。

少女のブロンドの長い髪は癖が強いのか、クルクルとカールを描いていた。こぼれ落ちそうなほど大きい青く輝く瞳に、ほんのりとピンク色に色づいた頬、赤い唇。どれをとっても美少女だ。

シンシアが落ち着いた清楚(せいそ)なイメージなら、彼女は人目を惹(ひ)く、華やかなタイプに見える。まるでお人形のような可愛らしさだ。

「レイモンド様からシンシアも来ていると聞いて、探していたのよ」

この少女は、どうやらシンシアのお友達らしい。見たところ、シンシアよりは年下だろう。

「お兄様、シンシアと一緒でしたのね」

エドワードにそう言って微笑んだ少女は、なるほど、エドワードによく似ていた。

「偶然、図書室で一緒になった。僕はリカを案内していたんだ」

「リカってだあれ？」

好奇心に瞳を輝かせる彼女は、その時、ようやく側にいる私の存在に気づいたようで、視線をこちらに向ける。彼女はぱちくりと長いまつ毛を瞬(しばたた)かせ、首を傾げた。

「僕の妹のカルディナだ」

紹介されている間も美少女にじっと見つめられ、緊張してしまう。

「そして彼女がリカ。僕の花嫁だ」

「えっ⁉」

カルディナが、私の予想通りの声を発した。可愛らしい顔は一瞬にして歪(ゆが)み、信じられないものを見たと言わんばかりの目が、私に突き刺さる。

「お兄様、嘘でしょう？」

「そんな嘘を言うわけないだろう。父から聞いていないのか？」

そこでカルディナはフルフルと首を横に振った。

「召喚は失敗したと思っていたのに……」

その声が段々とか細くなっていく。すると、エドワードが口を開いた。

「それが成功した。リカが僕の花嫁だ！」

無邪気な笑顔のエドワードに、沈んだ表情のカルディナ。シンシアとクラウスは横で見守っている。そして私はというと、空気を読んで沈黙していた。

やがてカルディナが顔を上げた。その目には涙が浮かんでいる。

「お兄様の花嫁だなんて嫌よ!!」

「カルディナ？」

表情を一変させた妹に、さすがにエドワードも私が歓迎されていないと気づいたようだ。

「だってお兄様は、ずっとカルディナの側にいるって約束してくれたのに……！」

ああ、そうか、お兄ちゃんのことが大好きなんだね。そりゃ、いきなり現れた私に兄をとられて悔しくなる気持ちはわからなくもない。

うんうん、兄妹愛は素晴らしい——

うなずいていると、カルディナが私へ視線を向けた。

「お兄様と結婚する人は、皆が振り返るほど綺麗で、とても優しい人なはず！　だいたい、召喚の花嫁なんて現れるわけないって思っていた。もし現れるなら、すごい美人だと思っていたのに。それなのにこんな人、お兄様にふさわしくない！」

子供だけに正直だ。きつい台詞がグサッと心に刺さるけれど、特に腹は立たない。

「カルディナ!!」

エドワードの糾弾する声が響く。

「なによ、この人が花嫁になるぐらいなら、シンシアの方がよっぽどよかった!!」

名指しされたシンシアが、驚いたように肩を震わせた。まぁ、普通はそう思うだろうな。

「リカは僕の花嫁になるために召喚された。だからリカの文句を言うな！」

エドワードの強い剣幕に、カルディナは唇を噛みしめた。そして直後、目に涙をにじませて叫ぶ。

「なによ、そんな人、お兄様にふさわしくない！　認めない！　絶対認めないんだから!!」

そう言うやいなや、カルディナはこの場から走り出した。勢いよく扉を開け、去っていく後ろ姿を呆然と見送る。

「エドワード様、お先に失礼しますわ」

シンシアは何事もなかったかのように、にこやかに微笑み、カルディナのあとに続いた。きっと、追いかけていったのだろう。

「リカ、嫌な気分にさせた……」

エドワードに声をかけられたことにより、ハッと我に返る。

「私なら大丈夫よ。気にしていないから、エドワードが謝らなくてもいいの」

シュンと気落ちしたエドワードが、私より落ち込んでいるように見えたので、努めて明るく振る舞う。たぶん妹とは仲がよかったのだろう。だからこそ反対されてショックを受けているのかもしれない。

だが、私は仮初の花嫁なので、エドワードが気に病む必要などないのだ。数年後には彼にふさわしい素敵な花嫁が見つかるはずだから。

「次を案内してくれる？」

いつも通りの調子でエドワードに声をかけると、彼は明らかにホッとしていた。そんな彼に微笑みかけ、私たちは図書室をあとにしたのだった。

第二章　彼と過ごす日々

そして夜。

結局、エドワードは一日中私の側にいて、城の中を案内してくれた。それはもうベッタリと、どこへ行くにもついてきた。子供の体力は侮(あなど)れないわ、本当に。

「じゃあね、今日はありがとう」

エドワードにそう言って湯あみに行くことを告(つ)げると、心底寂しそうな顔をされた。だけど、いつまでも一緒にはいられない。

侍女の一人に案内されて浴室へ向かう。浴室の壁には大きな穴が開いていて、そこから温かい湯がとめどなく流れ込んでいる。おまけに湯船には花びらが浮かんでいるので、花の香りが漂(ただよ)い、リラックスできた。

いつもはシャワーで済ませていたから、贅沢(ぜいたく)な気分だ。しかし王宮の浴室は広すぎて、一人で入っているのがもったいない気もする。

温かい湯に浸(つ)かり疲れを取ったあとは、用意された寝衣とナイトガウンに身を包み、眠る準備万端。

そう思っていると、先ほど湯あみを手伝ってくれた侍女が部屋に入ってきた。

「準備が整いましたので、寝室へご案内いたします」

その言葉を不思議に思う。寝室って、この部屋じゃないの？　昨夜はここで眠ったけれど……。

質問する間もなく侍女が踵(きびす)を返したので、慌てて部屋を出る。ほのかな光がともる長い廊下を、侍女の背中を追いかけて進んだ。

やがてある部屋の前へと辿り着くと、侍女はゆっくりと頭を下げた。

「では、お休みなさいませ」

丁寧な挨拶(あいさつ)をして、彼女は去っていった。

残された私は、どうしていいのかわからない。この部屋に入れってことかしら？

躊躇(ちゅうちょ)しながらも、部屋の扉をノックする。返事が聞こえたため、ゆっくりと扉を開けた。

「リカ!!」

それと同時に室内で声を上げた人物は、先ほど別れたはずのエドワードだ。

部屋のソファに腰かけていた彼は、私の姿を見ると駆け寄ってきた。

「待っていた」

そう言ってニコニコと微笑むエドワードだけど、どうして私はここに通されたの？　エドワードも湯を浴びたあとらしく、寝衣に着替えていた。髪の毛が少し濡れているのが気になる。

「ちょっとエドワード、そこに座ってくれる？」

そう言ってもう一度ソファに腰かけさせ、部屋の中を見回した。室内は豪華な調度品だらけで、隅には洗面台まで備え付けられている。クローゼットを開くと、きらびやかな衣装の他に、布も置かれていた。これはきっとタオルとして使用しているのだろう。

そう判断した私は迷わずそれを手に取り、エドワードのもとに戻る。

「わっ！」

なにも言わずにエドワードの頭に布を被せると、驚いたらしき声が聞こえた。

「ちゃんと乾かさないと、風邪をひくかもしれないからね」

ワシャワシャと布で頭を包み、髪を乾かしていく。エドワードは気持ちよさそうに、されるがままになっていた。ある程度乾いたところで、私は満足して手を離す。

「よし、いいわよ」

エドワードの洗い立ての髪は、いっそうサラサラしていた。それに湯上がりのいい香りまでする。

そこで改めて、この部屋に呼ばれたことを不思議に思う。

「エドワード、私は寝室だと言われて、ここに案内されたのだけど……」

そこでエドワードは、ごく当たり前のように言った。

「ああ。今夜からこの部屋が、僕とリカの寝室だ」

「え？」

思わず間抜けな声を出すと、エドワードが笑う。

「聞こえたか？　ここが僕たちの寝室になる」

「な、なんで？」

いったい、どうして同じ部屋に!?　夜ぐらい、一人でぐっすりと眠りたい。

困惑していると、エドワードが当然みたいに言い出す。

「昨夜はリカが疲れているはずだと思って別々だったけど、同じ部屋で眠るのは普通だろう。夫婦なのだから！」

「そ、そうかしら」

「それに蜜月(みつげつ)の最中だ」

エドワードは、わかって言っているわけじゃないわよね？

「だから、今夜が二人の初夜になるな」

屈託のない笑顔を向けられて、固まってしまう。だが、しばらくすると笑いが込み上げてきた。

「なんだ、リカ。なにがおかしい？」

キョトンとした表情でたずねてくるエドワードは、ただ私と一緒にいたい、もしくは遊んでほしいだけなのだろう。

相手はまだ子供なのに、変に意識してしまった自分がおかしかった。ひとしきり笑ったあと、彼に答える。

「ううん、なんでもない。じゃあ、夜はなにをしようか？」

「んー、リカはなにがしたい？」

「なにか、遊べるものはあるかしら」

考えていると、エドワードが部屋の隅(すみ)に置かれた机に向かった。そして引き出しを開け、中にいろいろな物が入っているのを見せてくれる。

「全部貰ったんだ」

「ちょっと見せて」

目についたのは、たくさんの種類の絵が書かれたカードやチェスの駒(こま)。その中のカードを選んで手に取り、ひと通り確認する。

「よし、これなら代用できそうだわ」

確認を終えたあと、張り切った声を出した私を、エドワードは不思議そうに見ていた。

「面白いゲームを教えてあげるわね」

そう言った私は、エドワードと一緒に広いベッドへ進む。

「ほら、リカ！　このベッド、すごく広いんだ！」

そう言ってベッドにダイブするエドワードを見ていると、その無邪気さにつられてしまう。

「本当？　じゃあ、私も確認するわ！」

ベッドへ前のめりになって倒れ込むと、フカフカで気持ちよい。

「あー。ふっかふかだね。それにお日様の香りがする」

目を閉じて、横になったままシーツを撫でつける。瞼を上げると、エドワードの顔が真正面に飛び込んできた。彼もまた私の真似をして、横になっていたらしい。

シーツから香るお日様の匂いもあいまって、スカイブルーの瞳は空を思わせる。

「エドワードの瞳は、とても綺麗な色をしているのね」

そっと手を伸ばして柔らかなエドワードの頬に触れると、彼はくすぐったそうに笑った。

「じゃあ、遊ぼうか？」

そう言えば、エドワードは張り切って体を起こし、瞳を輝かせる。

「なにする？　なにする？」

そこで私は、先ほど引き出しから選んだカードをベッドの上に広げた。

「このカードを使うの。数字と絵が書いてあるでしょう？」

本来はどのようにして使っていたのか知らないけれど、このカードをトランプとして代用するのだ。これならババ抜きだって、神経衰弱だってできるわ！

ルールを説明すると、エドワードは真剣に耳を傾けてうなずいている。可愛いなぁ。

そして、ひと通りルールを説明したところで、ババ抜きからはじめることにした。

「じゃあ、早速やってみようか？　習うより慣れろ、よ」

そう言って、私はカードを切った。


「やったー！　あがり～!!」

嬉しくて声を出した私とは対照的に、悔しそうに顔を歪めるエドワード。

「リカばかり勝ってずるい!!」

唇を尖らせる姿は愛らしいけれど、勝負事にはいつだって本気にならないとね。

「そうは言ってもね、手加減はしないわよ。エドワードだって、手抜きしてもらって勝っても嬉しくないでしょう？」

エドワードは唇を噛みしめるけれど、同時に、瞳が楽しそうに輝いていた。

「じゃあ、もう一度だ!!」

「あら、いいわよ。何度でも受けて立つわ」

そうして、なかなか終わらない勝負をしながら、初夜はふけていった。

それからの数日も、私はエドワードと過ごしていた。昼は城の中をエドワードに案内してもらい、一緒に紅茶を飲んだりしながら、会話を楽しんだ。夜はカードゲームをしたり、本を読んだりしてから眠りにつく。

この数日でババ抜きが強くなり、神経衰弱まで覚えたエドワード。でも、まだまだ負けないけどね。

その日の夜も、私とエドワードは勝負に力を注いでいた。

「いつか必ずリカに勝つ」

「おっ、その調子。あきらめないことが大事だからね」

エドワードは負けず嫌いだ。決して卑屈にならずに、真正面から勝負を挑んでくる。

「エドワードのいいところはね、あきらめないところかな」

「いいところ？」

「ええ、そうよ。何度でも挑戦する前向きな姿勢は素晴らしいわ」

そう褒めれば、彼は照れたように頬を赤く染めた。大人だって、褒められたら悪い気はしないものね。あまり持ち上げてばかりもダメだけど、彼のいいところを見つけたら、たくさん褒めてあげよう。そうすることで自信を持つことにも繋がるはずだ。

「将来は立派な王様になってね」

そう言って頭を撫でると、エドワードは嬉しそうに笑ったあと、顔を上げた。

「うん、リカが側にいるなら、頑張る」

真っ直ぐな視線を向けられて、少し胸が痛んだ。

ごめんね、いつかエドワードが大きくなった時、側にいるのは私じゃない人だと思う。

だけど、その言葉は呑み込んだ。

「エドワードならなれるわ。応援している」

曖昧に答えて、彼の柔らかな頭をしばらく撫でるのだった。

そして、三日が過ぎた。その日の朝、私の部屋にエドワードとクラウスが訪れた。

「残念だが、蜜月が終わる」

蜜月の意味をあまり理解していないエドワードから深刻な表情で言われ、思わず噴き出しそうになる。

「僕はいつものように勉強の時間が入る」

深いため息と共に言葉を吐き出したエドワード。言動は賢いし、勉強もできるタイプだと感じるけれど、そんなに勉強が嫌なのかしら？

「エドワードは、勉強が苦手なの？」

首を傾げてそう問えば、エドワードは弾かれたように顔を上げた。

「勉強なんてどうでもいい。僕はリカといたい!!」

直球すぎる回答に、思わず顔が熱くなる。後ろに控えていたクラウスは苦笑しつつ言った。

「リカ様も勉強の時間が入ります」

「えっ!?　私もなの!?」

だけど、よく考えたらそれも当然か。だって、私にはこの国の知識が全然ないのだもの。エドワードの勉強中に遊んでいるわけにもいかないだろうし。

「じゃあ、リカは僕と一緒に勉強しよう」

「非常に残念ですが、別々です、エドワード様」

エドワードは、真面目な顔をしたクラウスに突っ込まれている。まあ、さすがに未来の王様とは学ぶべきことが違うと思うしね。笑っていると、クラウスはこちらに顔を向けた。

「リカ様、護衛の件は断られたと、王からお聞きしました」

「ああ、そうなの。やっぱり人がずっと側にいると思うと、慣れなくて」

エドワードほど高い身分の方には常に護衛が側にいて当たり前だと思うけれど、私はどうにも抵抗がある。実際、一日だけ護衛をつけられたものの、見張られているようで落ち着かなくて、気疲れしてしまった。だから、城の敷地からは出ませんと宣言をして、護衛を解除してもらったのだ。

「エドワード、私は図書室にいるからね。頑張って勉強してくるのよ」

「リカがそう言うなら、わかった」

渋々と返事をしたエドワードは、チラチラと何度も振り返りながら、クラウスに連行されていった。

その場で手を振って見送っていると、急にエドワードが立ち止まる。そして振り返った彼は、こちらに走ってきた。

「だけど、今日の夜もまた、一緒に寝よう、リカ」

うおー！　どんな殺し文句だよっ!!

心の中で悶絶（もんぜつ）してしまう。これが数年後だったら、やばいわ。エドワードには、どんな女性でも落ちそうな気がする。

走ったせいで息を切らしながらそう言ったエドワードに、うなずいてみせる。

「ええ、また今夜ね、エドワード」

そう言うと、エドワードは満足したのか改めて去っていった。

実際、私たちは毎日同じベッドで眠っているのだ。

これまでの間、夜になればたくさん話をした。内容は、今日はどんな本を読んだだとか、食べたおやつの話とか。

星が綺麗な夜は、二人で窓辺まで椅子を持っていき、空に輝く星を眺めたこともある。エドワードは星座の位置と、星に関する神話を語ってくれた。私はそれをうんうんとうなずいて聞いたものだ。

そしてカードゲームをして、疲れたら眠るという日々。

すごく懐かれているけれど、このままの状態ではいけない気がしてきた。

私はいつか帰ると決めているけど、エドワードはずっと側にいると信じている。

「参ったなぁ……」

今から正直に伝えておくべきか悩む。だって、こんなにストレートに愛情を示されるとは予想もしていなかったのだ。とはいえ、やっぱり迷ってしまう。口では花嫁とか言うけれど、エドワードが私に向けているのは、家族に対する愛情じゃないかしら？　母親を幼くして亡くしているというし、寂しいのかもしれない。

だけど、このままの接し方でいいものか……距離が近すぎるのも問題がある可能性がある。

いつか私がいなくなると知った時に裏切られた気持ちになって、人間不信に陥ったら困るけれど、それはさすがに考えすぎだろうか。

いずれにせよ、今はエドワードの手を振り払えない。

悩みはじめた私の脳裏に、ふとある人物が浮かぶ。

そうだ、レオンさんに相談してみよう。いつでも相談に乗ってくれるという話だった。

それに、聞きたいこともある。

そう思い立った私は、レオンさんに会いに行くことにした。神殿も城の敷地内にカウントしちゃっていいよね？　近い場所だから大丈夫だろうと都合のいい解釈をして、歩みを進めた。

城からちょっと離れた場所にたたずむ神殿は、相変わらず異彩を放っていた。静寂(せいじゃく)に包まれていて、城とは空気が違うと感じる。

神殿の前に立つと、一人の女性に声をかけられた。彼女にレオン神官を探している旨(むね)を伝えると、神殿奥の一室の前に案内された。その扉の脇には大きめのベルがついていて、これを鳴らしてから入室するのだとか。

言われるがままベルを鳴らして、小さな窓があるさほど広くない部屋に入室する。薄暗い懺悔室(ざんげしつ)のような造りで、なんとなく落ち着く空間だ。

「レオン神官をあちら側にお呼びしますので」

そう言って女性が去ったので部屋を見回していると、壁向こうの部屋から、物音が聞こえてくる。隣の部屋と繋(つな)がっている小窓が、少しだけ開かれた。

「リカ様、その後、いかがお過ごしでしょうか?」

聞こえてきたレオンさんの声に、ホッと安堵(あんど)する。

「ここは迷える人々の告白を聞いたり、相談を受けたりする場所です。なお、ここで聞いたことは、決して外には漏(も)らしません。ここならばリカ様が落ち着かれるのではと思い、案内されたのでしょう」

なるほど、ここは相談室みたいなイメージかしら。相談相手と聞き役の顔がお互いに見えないようになっているしね。

私は備え付けの椅子に腰かけて、深呼吸をした。室内だけれども、不思議と空気が澄んでいる。

心が落ち着いてきたので、意を決して口を開いた。

「ここに来て数日ですが、皆さんよくして下さいます」

「そうですか。それはよかったです」

実際、皆優しくしてくれるけれども、戸惑っていることはある。

なにしろ今までが質素な暮らしだったので、セレブな生活に驚くことが多々あった。朝からすごい品数の料理を出されるし、ドレスや靴など、身に着ける物すべてが高級品だ。侍女たちは優しいものの、私に敬語を使うから、逆に気を使う。それに、これまでなんでも自分でやってきたのに、着替え一つとってもお手伝いをされて、ありがたいと思うと同時に困ってしまう。

でも、これらは大したことではない。私は、最近の一番の悩みをレオンさんに吐き出した。

「実は、無邪気に自分を慕ってくる王子に嬉しいと思う反面、戸惑ってしまいます」

「その戸惑いとは？」

「私はいずれ、いなくなる身なのです。ですが、あの子はずっと自分の側にいてくれると思っています。だから、正直に言った方がいいのかと悩んでいまして……」

今後、いきなり帰ることになったとして、それを告げた時のエドワードの反応が怖い。そう、私はエドワードに嫌われるのを恐れているのだ。

「あと、元の世界に帰る手がかりはなにか見つかりました？」

「申し訳ありません」

ふと思い出して聞いてみたけれど、レオンさんの硬い声を聞いて、肩を落とした。

「古い書物を開き、調べている段階です。ですが、あまりにも古すぎて解読できない部分も多々あります。それに加えて、お恥ずかしい話ですが、神殿の書物庫の整理整頓がされていない状況でして……」

「そうですか……」

レオンさんは包み隠さずに現状を説明してくれた。早く帰りたいとは思うけど、急かしたところで答えは出ないだろうし、気長に待つしかないか。

こんなところが、我ながら呑気な性格だと思う。

でも、元の世界でのしがらみは少ない。これが呑気にしていられる一番の理由だ。唯一気になるのはバイト。無断欠席が続けばクビかなぁ……

とはいえ、バイトならば私の代わりはいくらでもいる。

でも、あの可愛い王子様の側にいる資格を持っているのは私だけなのだ。

私はひそかに、誰かに必要とされる喜びを感じていた。母性本能というものかもしれない。

考え込んでいたところ、レオンさんが言い出した。

「神官として申し上げるなら、『ぜひ王子の花嫁として一生お側にいてほしい』と願っておりますが、リカ様は理不尽だと感じることでしょう。だからこそ、今できることをなさった上で、選んでほしいと思います」

「選ぶ?」

「今後、召喚の術で元の世界にお帰しする方法がわかった時、帰るか、この国に残って下さるか。もしこちらの世界に残って下さるのなら、あなたの生活は一生保障されるでしょう。それだけの犠牲(ぎせい)を払っていただくのですから」

「レオンさんは、なぜそこまで親身になって下さるのですか?」

ここで、ずっと気になっていたことを質問する。

この国に繁栄をもたらす花嫁なら、閉じ込めてでも元の世界に返すわけにはいかないと、やっきになるものじゃないの？

それを、帰す方法を探すだなんて、もしかしてお人好しなのかしら？

「責任を感じているためでもあります。それに、すべての出来事はアスランの神がお決めになっている運命です。その神が連れてきた花嫁——リカ様が選ぶ道が最善でしょう。つまりは、すべての出来事は偶然ではなく、神のお決めになったこと。リカ様が帰りたいと希望するのであれば、これが神のご意思だと思い、尊重いたしましょう。ですが、それまではこの国で充実した時間を過ごしてほしいと願います」

落ち着いた声で語られ、内容がストンと胸に落ちてきた。

「わかりました、今できることを頑張ります。先について考えていても、よくわからないし。悩みも時が解決してくれると思って、その時がくるのを待ちます」

「その前向きな姿勢こそ、リカ様ですね」

小窓越しに聞こえたのは、クスリと笑う声。

「今、笑いましたね？」

確認すれば、それすらも面白がっているのか、弾んだ声が返ってくる。

「いや、異世界から来た花嫁とは、こんなにも逞しいものかと感心しました」

「それって褒めていますか？」

疑問を口に出したところ、レオンさんは声を出して笑った。

「エドワード様もリカ様に会われて以来、毎日が楽しそうです。以前はその立場ゆえか大人びたお方だったのですが、あなたには心を許しているのだと思います。甘えられる相手ができてよかった。リカ様に会えたことは、エドワード様の人生において大きな財産となるでしょう」

そう言われると、素直に嬉しくなる。

「召喚された花嫁があなたでよかった」

最後にそうつぶやいたレオンさんと話を終えた私は、挨拶（あいさつ）を交わして椅子から立ち上がった。

部屋から出た途端、足取りが軽くなったように感じるのは、心が軽くなったから？　実際、レオンさんに話したことで、心に引っかかっていたものが、すっと取れた気がする。

そうだ、今の私にできることは、エドワードの側にいること。彼が私と一緒にいるのを望むのなら、側にいてあげよう。いつまでいられるのかなんて、考えない。

静寂（せいじゃく）に包まれた広く長い廊下には、見覚えがある。そういえば初日に結婚の儀式をした礼拝堂は、この奥かしら？　なんとなくのぞいて見たくなって、ふらふらとそちらへ進んだ。

その時、なにかに服の袖をグイッと引っ張られ、驚いて足を止める。

「ここから先は、部外者立ち入り禁止」

袖が引かれた方向に視線を向けると、黒い髪と吊り気味な黒い目を持つ少年が私を見ていた。神官の服装の印象もあいまって、とても賢そうだ。

どうやらこの奥は、普段は足を踏み入れてはいけない場所だったらしい。

「ごめんなさいね、ちょっと神殿の奥が見たくなって」

慌てて弁解をすると、少年はやや呆れたような声を出した。

「そもそも、ここは好きに入っていい場所じゃない」

そう言われてみればそうだ。自由気ままに歩き回っては迷惑だろう。

「そうよね、とても厳（おごそ）かな雰囲気だったし、神聖な場所だしね……」

「……あんた、誰だ？」

ぼそっとつぶやいたところ、いぶかしげな眼差しを向けられ、慌てて説明する。

「あ、違うのよ、不審人物じゃないわ。前に入ったことがあったから、もう一度入れるかと思ったの。だけどそんなわけにいかないわよね、ごめんなさい」

そう言ってすぐ、神殿から出ようと思って踵（きびす）を返した。

すると、背中越しに少年から声をかけられる。

「ああ、あんたが例の召喚された花嫁か。シンシアが言っていたけど、本当だったんだな」

「シンシア？」

先日知り合った美少女の姿が脳裏に浮かび、振り返ってたずねる。

「ああ、幼馴染(おさななじみ)だ」

不躾(ぶしつけ)とも言える視線を受け、私も彼を見つめ返した。やがて、少年が口を開く。

「なーんだ。異世界から召喚するぐらいだから、どんな美女かと期待したのに」

「は？」

「胸だって小さいし、普通じゃないか」

「な、な、な……」

ニヤリと笑う少年が、誰かに似ていると感じたその時――

「リカ様、レナード!!」

大きな声で呼ばれて振り返れば、レオンさんがこちらに駆け寄ってきていた。

「帰り道を案内しようと思ったらいらっしゃらなかったので探していたのですが、まさかレナードと一緒だったとは」

私は少年と、その傍(かたわ)らに立ったレオンさんを見比べる。

「紹介します、私の息子のレナードです。十三歳になったので、神官の見習いとしてここに勤めはじめました」

なるほど、誰かに似ていると思ったのは、レオンさんの息子だったからか。改めて見ると、目元や口の形がそっくりだ。

「礼儀などはまだまだでして、なにか失礼なことをしていないでしょうか？」

心配そうな表情をするレオンさんの顔は、いかにも父親らしかった。

「父さんは心配しすぎ！　それにしても、もっと美女が召喚されるかと思っていたけど、意外に普通で驚いた――痛ッ!!」

すべて言い終わらないうちに、レナードの頭に、レオンさんからの鉄拳が落ちた。

「申し訳ありません、リカ様。母親が病弱でして、可哀想に思った周囲の人間がだいぶ甘やかしまして、この通りです。今は厳しく教育している最中なのですが」

そう言って笑うレオンさんの目は、笑っていなかった。こめかみがぴくぴくと動いている。

頭を押さえているレナードの首根っこを摘まみ上げたレオンさんは、そのまま私に向かって会釈をした。

「すみません、リカ様。帰りの道筋は、他の神官に案内させます。ここでお待ち下さい」

「あ、大丈夫です。一人で帰れますので」

レオンさんの申し出を断ると、彼はレナードを引っ張って、どこかへ颯爽と消えていった。

その後ろ姿を唖然として見送る。

レオンさんも、お父さんなんだなぁ。

レナードはちょうど反抗期なのだろうか。彼の生意気そうな表情を思い出すと、次第に笑いが込み上げてきた。

私は笑いつつ踵を返し、軽い足取りで神殿をあとにした。


それからしばらくが経った。私は日中、この国の歴史などを学んだあとは、好きに過ごしている。そして、夜はエドワードと遊び、同じベッドで眠りにつく。そんな生活を過ごしていたある日、面白い話を聞いた。

「収穫祭をしているの？」

「ええ、城下でのお祭りですね。花の収穫がはじまることを祝う祭りです。屋台などが出て、街はそこそこ賑わいますよ」

朝食を終えて紅茶を飲んでいる時、そう教えてくれたのはクラウスだった。

「行ってみたいわね」

その説明に、ふと言葉を漏らした。

「リカ、行きたいか!?」

そう言って瞳を輝かせるのは、まだ朝食を終えていないエドワード。しかもそのお皿には、緑の野菜だけが残っていた。

「エドワード、まだナフルが残っているわよ?」

指摘すれば、エドワードはウッと言葉に詰まる。この世界の野菜、ナフルの味はピーマンに似ていて少し苦みがあるけれど、お肉と一緒に食べると美味しい。でも、彼はこの野菜が苦手なのだ。よく皿の端にナフルだけよけているのを、私は知っていた。

「ちゃんと全部食べないと、大きくならないわよ」

顔を歪めて嫌そうにしていたエドワードは、ガラスのコップを握りしめ、意を決したように私を見る。

「じゃあ、食べる」

そう言って、渋々ながら口に入れた。すぐに顔をしかめたけれど、水で流し込んだみたいだ。

「食べた、リカ」

「うん、えらい、えらい」

大袈裟に褒めると、頬を染めて嬉しそうにするエドワードが可愛い。

「これでリカより大きくなれるかな？」

「そうね、なれるわよ」

そこは私が保証する。あと二、三年もしたら、成長期がくるはず。そうなったらきっと、あっという間に身長を越されるんだろうな。ナフルを食べなくても大きくなれるとは思うものの、それは言わないでおこう。

「じゃあ、朝食も食べたし、城下に行こう！」

張り切った様子のエドワードが、椅子から立ち上がる。

「でも、そんな簡単にはいかないでしょう？」

この国は治安がいいと聞いているけど、王子が城下に行っていいものなの？

いきなりの提案に困惑していると、クラウスがため息をつく。

「仕方がないですね。エドワード様は言い出したら聞きません」

「大丈夫なの？」

確認をすれば、クラウスはうなずいた。

「はい、時折ですが、城下へ下りていますから。城の中では学べないこともありますし、いろいろな経験を積むのも大切だというのは、王のお考えでもあります。ここ最近は勉学に励んでいらっしゃいますし、いいのではないでしょうか」

「やったな、リカ！」

「では、上に報告して準備をしますので、少々お待ち下さい」

クラウスはそう言うと、部屋から退室した。

「楽しみだな、リカ」

「そうね。じゃあ、私も準備するわ」

私の返事を聞いたエドワードは、ますます瞳を輝かせる。

街に行くのは初めてなので、実は私も楽しみだ。街はどんな雰囲気なのだろう。この国の特産品なども売っているのかしら？　それにお祭りだっていうのなら、特別な催し物でもやっているのかもしれない。

わくわくしながら質素なワンピースに着替えると、どこからどう見ても城下街で暮らす人になった。うん、この普通な感じがまさに私だと思う。

一方、エドワードはといえば――

「リカ、その服も似合っている。僕はどうだ？」

ラフなシャツに半ズボンという服装に着替えているけれど、にじみ出る気品は隠しきれていない。顔立ちの美しさも同様だ。

クラウスもまたラフな姿だけど、人目を惹く容姿をしている。

くっ……。それに比べて私は、なんとも大衆に紛れそうなことよ。モブ万歳！

「似合っているわよ、エドワード。さあ、行こう！」

張り切っているエドワードと共に馬車に乗り込んだ。しばし揺られていると、ゆっくりと馬車が停まる。

ここは街の中心で、馬車の停留所みたいだ。

馬車の中からきょろきょろしていたら、先に降りたエドワードが手を差し出してくれたので、おっかなびっくり手を重ねた。こんなところが礼儀正しいんだよなぁ。感心しながら足を踏み出し、街を見回す。

「わっ、すごい!!」

その瞬間、目にした光景に感動し、思わず声を出してしまった。

「どうだ、すごいだろう」

胸を張って嬉しそうにしているエドワード。

街の至る場所に、花があふれている。木製のプランターに飾られた花々は、ずらりと通路に沿って置かれていた。二階建ての建物が立ち並ぶ通りは、いろいろな種類の花がポットに飾られて窓から顔を出し、華やかさを演出している。

ワゴンにたくさんの花を積んで売っている商売人もいて、一帯が行き交う人々で大賑わいだった。活気のある素敵な雰囲気の街だ。

なによりも特徴的なのは、広場の中心にある噴水が、様々な色の花で飾られていること。流れる水に、あふれんばかりの花が浮かんでいる。

「収穫祭の日に、この噴水に花を飾るか投げ入れれば、願いが叶うと言い伝えられています」

私が不思議そうに眺めていると、クラウスが説明してくれた。

すると、それを聞いたエドワードが瞳を輝かせる。

「本当に、なんでも叶えてくれるのか？」

真面目に質問してくるエドワードに、クラウスは微笑した。

「まあ、必ずとは言い難いのですが、祭りですので、神も聞き入れてくれるかもしれないですね」

「よし、帰りには忘れずに、やって帰ろう」

意気込むエドワードだけど、なにを願うのだろう。微笑ましい姿に、見ているこちらも幸せになってくる。

「まずは行こう、リカ」

そう言ってエドワードが指さした先には、様々なお店が立ち並び、活気にあふれていた。街のいたるところに花が飾られているためか、風に乗って甘い香りを感じる。

「迷子にならないように、離れないで」

エドワードの言葉に思わず笑ってしまう。それ、年上の私の台詞ですから！

背後に控えるクラウスも、苦笑している。

「じゃあ、街を見て回ろう！」

そうしてエドワードに案内され、街を歩いた。なるほど、彼は道をよく知っている。クラウスと共によく街に下りているというのは、本当だったんだ。

「リカ、喉が渇いたな」

「そうね」

しばらく歩いたあとでそんな会話をする中、目についたのは一軒のお店だった。店頭には、見たこともないようなカラフルな果実が山になって並べられている。

「いらっしゃい！　搾りたて果汁で作るジュースだよ、うまいよ！」

どうやら、選んで搾ってもらうみたいだ。どの果実がいいのかわからずチラリとクラウスを見れば、彼はうなずいた。どうやら私の意図を読んでくれたらしい。

「すみません、三つ下さい」

クラウスが店主に声をかけ、果実を選んだあと、お代の硬貨を渡す。

「はいよ」

真っ先にジュースを手渡されたので、ひと口飲んでみて驚いた。

「美味(おい)しい！」

口の中で甘味と酸味が競い合うのに、最後にはすっきりとする、癖(くせ)になりそうな味だ。

私の満足気な顔を見た店主は笑ったあと、飲み物をもう一つ私へ差し出した。

「ほらよ。姉ちゃんから弟へ渡してやりな」

弟……？　横をチラリと見れば、不満気に唇を尖(とが)らせたエドワードがいる。

「ありがとうございます」

いちいち訂正するのも面倒なので、笑ってごまかした。だがしかし、エドワードは気に入らなかったみたいだ。

「僕は弟なんかじゃない」

「ん？　じゃあ、近所の子か親戚かい？」

笑顔を向ける店主に、エドワードが指を突きつけた。

「リカは僕の花嫁だ‼」

な、なんでエドワードってば、こんなところでムキになるの⁉

びっくりして開いた口がふさがらないでいると、店主が大口を開けた。

「あーっはっは！　そりゃ、いいや！」

豪快な笑いが周囲に響き渡る。

「なんで笑うんだ！」

その反応が面白くないという様子でエドワードが怒り出す。

「子供の頃は近所のお姉ちゃんに憧れるものだ。だがな、近所のお姉さんは先に大人になり、坊主が大人になる頃には、すでに嫁に行ったあとなんだよ。でも、大丈夫だ！　その頃には坊主にもお似合いの女性が現れているから」

ガハガハと笑って告げる店主には悪気がないのだろう。けれど、エドワードは悔しそうに唇を嚙みしめた。

考えてみるとエドワードが二十歳になったら、私は二十八歳。年齢的に子供の一人ぐらいいてもおかしくない。そもそも、そんなに長い時間を一緒にいられるかもわからなかった。

「僕にお似合いの女性なんて、いらない。リカがいいんだ」

エドワードは力説して譲らない。

「そうか、そうか。じゃあ、頑張っていい男になれよ」

私は、そう言った店主に挨拶をすると、不機嫌なエドワードを連れ、この場から離れた。

そこから先は、むっつりと押し黙ってしまったエドワード。彼を横目でチラチラと気にしていると、クラウスが静かに首を横に振った。

あー、これは完全にへそを曲げちゃったかなぁ。あんなの、ただの冗談だと思って気にしなければいいのに、そうもいかないらしい。

様子を窺いながら足を進めていると、前方に人だかりが見えた。これは空気を変えるチャンスだと思い、私は口を開く。

「あれはなにかしら？　行ってみましょうよ」

前に進めば、そこにいたのは大道芸人たちだった。柔らかい体で小さな箱に入ったかと思えば、いきなり出てきたり、口から炎を噴く男性がいたりして、思わず叫んでしまう。

歓声で沸く中、ひと通りの芸が終わると、小さな少女が箱を持って周囲を回る。その箱でチップを集めているのだろう。皆が箱へ硬貨を入れていた。やがて私たちの前にやってきた少女は、箱を前に出すとにっこりと微笑んだ。

「あなたはいくつ？」

財布から取り出した硬貨を箱に入れながら質問したところ、物おじしない少女は指を出した。

「四つなの！」

「そう、お手伝い、えらいのね」

視線を合わせて声をかけると、彼女は嬉しそうに口を開く。

「あのね、私も早く皆みたいにできるようになりたい。だけど、まだまだなんだ。だからこうやってお手伝いしているの！」

頬を染めた少女は、熱心に説明してくれた。

「頑張ってね」

応援する気持ちで多めの硬貨を箱に落とすと、少女はとびっきりの笑顔を見せてくれる。

そして大道芸人の団体は後片づけをさっさと済ませると、次の場所へ移動していく。

彼らの姿を、その場で見送った。

「あのような小さい者も働いているのだな」

「エドワード」

私の横に並んで見ていたエドワードはつぶやいたあと、周囲をぐるっと見回した。

「ここに住むものには、それぞれの生活があるのだな」

その声に、静かに返す。

「そうよ、皆がそれぞれの場で生きているの。そして彼らが住みよくなるようにするのが、大きくなった時の、あなたの役目だわ」

エドワードと視線が合うと、彼は穏やかな笑みを浮かべた。その顔はやけに大人っぽく、不覚にもドキッとしてしまう。

「ねえ、次に行きましょう」

照れ隠しもあって、誘いをかける。それに少しでもたくさんの場所を見て歩きたい。時間だって限られているだろうと思い、先を急かした。

その時、前をよく見ていなかった私は、鼻をなにかにぶつけてしまった。

「痛えっ！」

「きゃっ！　……あ、ごめんなさい」

痛む鼻をさすりながら視線を向けたら、すぐ目の前に男性が立っていた。どうやらこの人にぶつかったみたいだ。

「すみませんでした」

頭を下げて謝罪すると、頭上から声が聞こえた。

「嫌だね」

顔を上げると、男性はにやにやと笑っている。改めて見たところ、男性は二人組で、歳は私より少し上ぐらい。着崩した服装は若干だらしなかった。どことなく悪そうな雰囲気を放つ二人組で、面倒なことになりそうな予感がする。

「痛ってぇよー。骨が折れたかもしれないなぁ」

からかわれているのかもしれないけれど、そう言われると放っておいて去るわけにもいかない。対処に困っていると、私と男性たちの間に立ちはだかった人物がいた。

「その程度で骨は折れない」

「ちょっと、エドワード！」

前に出てきたエドワードを見て、男性二人は目を丸くしたあと、声を出して笑う。

「おおっと！　救世主様のご登場ってか！」

その時、ふいにアルコールの香りを嗅ぎ取り、思わず顔をしかめた。この二人、酔っている⁉

「しかし小さい救世主様だな。姉ちゃんを守りたかったら、もっと大きくならないとダメだぜ」

「そうそう。お前には悪いけど、姉ちゃんを少し借りていくぞ」

いきなり一人の男性に手首を掴まれ、身が強張る。

「リカを離せ!! さもないと許さないぞ!!」

エドワードが必死になってしがみついてきたが、男にやすやすと引き剥がされた。

「麗しの姉弟愛ってやつだな」

それでもなお向かってくるエドワードの頭を押さえた男は、せせら笑う。エドワードは身動きがとれずに、悔しそうに顔を歪ませた。

「ほーら。どうやって許さないというんだ?」

このままでは面倒なことになる。そう感じた私は背後に控えていたクラウスに視線を投げた。すると、クラウスは険しい表情で目を細め、こちらにじりじりと距離を詰めていた。彼は、どこで自分が出るべきなのか機会をうかがっているらしい。どうやら、すぐに止めるつもりはないようだ。

街に出ていろいろと体験することも、すべて勉強になると言っていたクラウス。もしかして、これも社会勉強だと思って見守っているの? だとしても怪我でもしたら、どうしよう。危険すぎる場面に緊張が走る。

「なーんか、いらつくんだよな、お前みたいな生意気なガキ」

そのうち、一人の男の視線が鋭くなった。

「口だけ達者で、なんにもできないお子様の癖によ」

そして、男はエドワードの胸を押して突き飛ばした。

「あっ……!!」

悲鳴を上げそうになった私の声は、途中で止まった。

クラウスが歩道に倒れかかったエドワードの背後に回り込み、とっさに支えたのだ。

エドワードの体勢を戻すと、クラウスは瞬時に私の前まで飛んできた。まるで疾風のようだ。

彼は、エドワードを突き飛ばした男性の腕を取って捻り上げる。すると、私を拘束していた男が手を離した。その隙に、私はエドワードの体を抱き寄せて彼らと距離を取る。

「このッ!!」

怒りで顔を赤く染めた男たち。彼らがクラウスに掴みかかろうとした瞬間、どこから現れたのか、周囲に人だかりができた。私とエドワードを囲んでいるのは、体格のよい男性ばかりだ。突然のことに驚いて、声すら出ない。

私たちを守護するかのように立つ男性たち。その隙間から見えた光景に、息を呑んだ。

私たちに因縁をつけてきた二人の男は体格のよい男性に腕を取られ、地面に這いつくばっていた。

「お怪我はありませんか、エドワード様」

側に来たクラウスにたずねられたエドワードは、無表情でうなずく。

「限界まで様子を見ているつもりでしたが、あの男が危害を加えそうでしたので、護衛隊を呼び出しました。楽しい時間を邪魔してしまい、申し訳ありません」

静かに頭を垂れるクラウスに視線も向けずに、エドワードは首を横に振った。

その時、私は理解した。

私とエドワードを守るように立つ男性たちは、エドワードの護衛だったのだ。

こんなに大勢の人がついていたなんて……でも、冷静に考えてみれば、王子が護衛なしで城下に行くわけがない。

表向きはクラウス一人に任せている風でも、彼の指示で動く護衛がたくさんいたのだ。

ちっとも気づかなかったのは、皆がきちんと訓練されている、いわばプロだからだろう。

エドワードの前に立ったのは、彼らの中でもひときわ体格がよい、三十代前半くらいの強面(こわもて)の男性だった。その男性が、クラウスに向かって口を開く。

「この男たちの無礼なる態度、自分より力の弱い女性に好き勝手に振る舞う様(さま)は、許されるものではありません。この街の風紀や今後のためを考え、ここでしっかりとお灸(きゅう)をすえるのがよろしいかと思います」

「では、クルド副隊長、その男はあなたに預けます」

「はっ！　クラウス様、お任せ下さい」

クラウスより了解を得たクルド副隊長は、二人組に向かいニヤリと笑った。人相のせいで、その笑みは逆に恐ろしく感じる。

「俺はお前らみたいな、性根の腐ったお子様を教育するのが趣味でな。なーに、命はとらないから、安心しろ」

豪快に笑うクルド副隊長に、二人組はもう涙目だ。

「おい、こいつらを連れていけ」

周囲の人間に命令するクルド副隊長。ここは私もお礼を言っておこう。

「あの、ありがとうございました。クルド副隊長」

「いえ、当然のことをしたまでです。リカ様」

クルド副隊長は見かけとは違い、礼儀正しかった。

「では、護衛に戻ります。引き続きお楽しみ下さい」

クルド副隊長はそう挨拶(あいさつ)をすると、部下たちと共にこの場を去った。だが、私たちにつかず離れずの距離で、再び護衛態勢に入ったのだろう。

「無事でよかったね、エドワード。安心したら気が抜けちゃったわ」

そう声をかけるけれど、返答がない。不思議に思って彼の顔をのぞき込んだ私は、ギョッとした。

「ど、どうしたの？」

エドワードはスカイブルーの瞳から、大粒の涙をポロポロとこぼしている。そして、とめどなく流れているそれを拭こうともせずに唇を噛んだ。怪我でもしたのかと、私は焦ってしまう。

「大丈夫⁉　どこか痛い？」

だが、エドワードからの返事はない。彼は、真正面をにらみつけたまま悔しげに顔を歪めた。

「結局、リカを助けたのは僕じゃない」

「でも、庇ってくれたじゃない。すごく嬉しかったよ」

私がそうフォローしたけれど、エドワードは自分の手をじっと見つめ、しゃくり上げはじめた。

「こんな小さな手じゃ、リカに届かない」

「エドワード……」

エドワードの顔は、涙でぐしゃぐしゃだった。

「こんなに見上げてばかりいては、僕が守ってやれない」

しぼり出すように発せられた言葉は、悲鳴にも似ている。

「早く、早く大きくなりたい……!!」

心の底からそう願っているのだと感じて、胸が締めつけられた。

エドワードが責任を感じる必要などないのに。むしろ、よく立ち向かってくれたと感謝したいくらいなのに。

「大丈夫だから、エドワード」

だが、私の慰め(なぐさ)も耳に届いていない様子だった。

私は気の利いた言葉も言えず、どうすることもできない役立たずだ。

そのまましゃくり上げて泣き続けていたエドワードは、しばらくすると顔を上げた。

スカイブルーの目は赤くなっている。泣きながらこすったせいもあって、目元も少し赤くなっていた。

「もうこんな思いはしたくない。リカを守れる大人になる」

力強い宣言だけど、その気持ちだけで十分だった。

「ありがとう」

言葉少なにお礼を言う。

このまま街にいてもエドワードの気分が晴れることはないだろう。そう判断してクラウスに視線を投げる。すると、それだけで理解してくれたらしく、彼はうなずいた。

「今から帰りの馬車を手配します」

「お願いね」

そうして噴水の前を歩いていると、それまでトボトボとした足取りだったエドワードが、弾かれたように顔を上げた。まるで、なにかを思い出したみたいだ。そして、一目散に走り出した。

「エドワード、どこへ行くの⁉」

慌てて追いかけたところ、彼は近くの店で立ち止まる。様子を見ていると、すぐに戻ってきた。その手には一輪の花が握られている。どうやら、さっきの店で買ってきたようだ。

エドワードは無言で噴水の側まで近づくと、流れる水の中に、買ってきたばかりの花を投げ入れた。

「早く大きくなって、リカと釣り合いの取れる大人になりたい」

まだ涙が乾いていない目を見開くエドワードの、真一文字にした唇から、強い決意が感じられる。

そうして用意してもらった馬車が到着すると、エドワードは大人しく乗り込んだ。

私は、馬車内の沈んだ空気の中で考える。

小さな子供だと思っていたけど、エドワードは男の子なんだ。プライドだってある。今日のことはずっと心に残るだろう。だけど、ここから強く逞しい大人になってほしい。

窓の外を流れる景色をぼんやりと眺めながら、私は自分の今後を考えはじめた。

ここで暮らす毎日は思ったよりも楽しくて、充実している。だが、バイトについては心配だし、下手すればアパートを追い出されていたりして……

考えれば考えるだけ、胸の中に広がる不安。どうしたって、思考が悪い方向へ向かってしまう。

もうこうなったら、今は考えない。流れに身を任せるのみ。私にできることはなにもない。悩むだけ時間の無駄だ。

帰った時のことはその時に考えるとして、まずは現在の生活だ。気を取り直して、エドワードのことに思いを馳せる。

エドワードは私のあとを離れない、まるで親にくっついて歩く雛鳥のようだ。素直に甘えてくる彼を、私も可愛いと思っている。

私と過ごす日々は、彼にいい影響を与えるのかしら。それに今日、彼が流した涙を見て、胸にグッと迫るものがあった。

もう彼に涙してほしくない。私といる時は、笑っていてほしい。

そんなことを馬車に揺られながら考える私は、そっと瞼を伏せたのだった。


収穫祭から、数日が経った。

エドワードは、徐々に笑顔を取り戻している。

だけど、いまだにどことなく落ち込んだ様子を見せることもある。なんとかならないものかと悩んだ私は、クラウスに相談してみた。

「ねえ、ここら辺で、外で遊べる場所とかないかしら？　食べ物を持って敷物を敷いて、好きなことをして過ごすのよ」

「外ですか？」

「外が難しいようなら、城の敷地内でもいいわ。どこかのんびりできる場所なら。花が咲き誇る庭園とか……城の中でもいいけれど、お日様にあたった方が健康的かなと思って」

私の提案を聞き、考え込んだクラウスは、しばらくすると口を開いた。

「では、敷地内になりますが、城の近くに湖があります。さほど大きくはありませんもののの、水が澄んでいて魚なども住んでいまして……いかがでしょう？」

「そこ、いいわね」

即答した私は、クラウスと相談して準備を整えた。そして、その日のうちにエドワードを勉強の合間に誘い、外へ連れ出す。エドワードはどこへ連れていかれるのかと不思議そうな顔をしていたけれど、大人しくついてきた。

クラウスを先頭に歩く私たちは、城を出て庭園を横切り、神殿と反対側へ足を向ける。

それにしても、この城の敷地は相当広い。

城の隣には神殿、その反対側には湖まであるのだから、何度見ても驚きが隠せない。

そう思いながら歩みを進めると、やがて立ち並ぶ木々が見えてきた。

さらに歩いていくと、いきなり視界が開(ひら)けた。

「わぁ——!!」

目の前に現れた湖に感激するあまり、声が出てしまう。

「すごく綺麗！」

見る位置によっては、コバルトブルーやエメラルドグリーンにも見える不思議な湖だ。しかも、水が澄んでいるため、湖の底まで見ることができた。

「こんなに素敵な場所が近くにあっただなんて!!」

ここに来た理由は、エドワードを元気づけるためだ。だけど私は、完全に当初の目的を忘れてはしゃいでいた。

「ほら、魚が泳いでいる！　見て見て」

興奮して叫んですぐ、じっと私を見つめるエドワードの視線に気づいて我に返る。

「あ……」

その時、はたと気づく。

私ってば、これじゃあどっちが子供なのか、わからないじゃない。

「あ～、す、素敵な湖ね、エドワード」

今さら遅いかしら。そう思いながらも冷静な態度を取り繕って向き合うと、エドワードは湖に負けないぐらい綺麗に輝くスカイブルーの目を細めて笑った。

「リカが嬉しいなら、僕も嬉しい」

そう言って微笑む彼は、まるで湖に舞い下りた天使みたいだ。さらさらのブロンドの髪が光を浴びて輝いているので、なおさらそう見えた。

その可愛らしさに、思わず見とれてしまう。

今でも極上の愛らしさなのに、大きくなったらどんな大人になるんだろう。楽しみなような、ちょっと怖いような気もする。どうしよう、私、それまでにエドワード離れできるかな。エドワードの将来の恋人を見て、『彼女はダメよ』なんて言うのかしら。

嫌だなぁ、そんな姑っぽくならないように気をつけよう。

「エドワード様、リカ様、こちらにお座り下さい」

クラウスに声をかけられたのでそちらを見ると、大きな木の下の、ちょっと日陰になっている場所に広いシートが敷かれていた。

「簡単ではありますけど、用意しておきました」

そう言って、クラウスがバスケットを広げる。

「わぁ、美味(おい)しそう。ありがとう」

そこには飲み物や軽食が用意されていた。さすがクラウス、気が利くわ。

「少し歩かない？」

休む前に散策しようと思い、エドワードにそう声をかけると、彼は笑顔でうなずいた。

そこで、湖の周辺に咲く白い花に見とれつつ、木漏(こも)れ日のさす道を歩く。

「素敵な湖ね」

「この湖は昔から、不思議な言い伝えがあるんだ」

ポツリとつぶやいたエドワードに視線を向けた。

「へえ、どんな言い伝えがあるの？」

すると、エドワードは神妙な表情を見せる。

「『異世界へ通じる』とか、『人の願いを叶えてくれる妖精が住む』とか言われている」

それを聞いた時、心臓がドキリとして、思わず足を止めた。

少し寂しそうな横顔のエドワード。さっきまで子供だと思っていたけれど、その顔は妙に大人びて見えた。

「リカは帰りたい？」

「え？」

唐突に質問されて、返答に困る。

私を見上げるエドワードの瞳は真剣だった。彼は私が思っているより、ずっと賢い子だ。変な嘘は、きっと見抜かれてしまう。子供だからといって、ごまかすことはできない。

「どうしてそう思うの？」

「だって花嫁として召喚されたけれど、リカだって元の生活があっただろう。街に行った時に思ったんだ。街に暮らす人たちには、それぞれの生活があった。じゃあ、リカは今までどこで誰と生活してたの？　その人たちと会えなくなって、寂しい？」

直球な質問に、言葉に詰まった。だけど、ここは正直に伝えるべきだ。

「そうね、私の生活する場所は、確かにあったよ」

エドワードが不安げに肩を震わせる。

「でも今はね、しばらくエドワードの側にいてもいいかなって思っている」

はっきりと告げると、彼の瞳に喜びの色が宿った。

「じゃあ、側にいてくれる……？」

「うん、側にいるよ」

「ずっと!?」

詰め寄ってくるエドワードと、視線を合わせて答える。

「ずっとかは約束できないけれど、今は側にいるよ」

正直に答えれば、彼はシュンとして肩を落とした。

「落ち込まないで。気持ちが変わるかもしれないじゃない」

そう伝えた途端、エドワードが顔を上げる。

「そうか、僕が立派な大人になればいいことか。そうしたらリカは帰らないと決めるかもしれないな!!」

とっても前向きな回答に、頬が緩む。

「そうね。その時は、側にいさせてほしいって、私から頼み込むかな！」

「じゃあ、頑張る」

この約束は、果たされることはないだろう。エドワードが私ぐらいの年齢になった時、彼の隣には、彼と並んでも見劣りしないほど綺麗な女性がいると思う。そうなったら、私はもう必要ないはずだから。

寂しいという感情が胸を占めるけれど、そんな風に思ってはいけない。彼は私とは住む世界の違う人なのだ。

いつかくるその時まで、年上の友人として、時には姉みたいに振る舞うと決めたのだから。

意気込んでいるエドワードを無邪気で可愛いと思いながら、私は彼の髪の毛をそっと撫でた。

「お兄様～～！」

その時、鈴を転がしたような可愛らしい少女の声が聞こえた。

私たちの歩いてきた道に視線を向けると、こちらへ走ってくる人物がいる。

「カルディナ、どうしてここに？」

エドワードは驚いた顔で、妹に声をかけた。

「お花を摘みにシンシアと来たの。そしたらお兄様の姿が見えたので、追いかけてきたわ」

荒い息を吐くカルディナは、ずっと走ってきたのだろう。

「あちらで花かんむりを作っているの。行きましょう」

カルディナの誘いを受けて、エドワードは私に視線を投げかけた。

「行きましょう、お兄様！」

カルディナは返事も聞かずに、エドワードの手を引っ張る。その際、彼女はチラリと私の顔を見た。そこでニコリと微笑んだ瞬間、フンッとばかりに顔をそむけられてしまう。

ははは、嫌われているなぁ。

だが、この態度も兄であるエドワードをとられたくないがゆえだと思うと、可愛いものだ。

「リカも行こう」

カルディナに強引に手を引かれながらも、エドワードは私に対する気遣いを忘れない。こんなところは大人びていて、紳士だなぁと感じる。彼の横でカルディナが嫌そうに唇を尖(とが)らせたのを見て、苦笑してしまう。

「ええ」

私はうなずいたあと、彼らのあとに続いた。

やがて、湖の傍(かたわ)ら、白い花の咲き誇(ほこ)る場所に、黒髪の美少女を見つける。シンシアだった。彼女は私たちに気づくと、ぺこりと頭を下げて静かに微笑んだ。

「お兄さま、ここに座って」

カルディナによって強引に座らせられたエドワードは、すぐさま頭になにかを載せられた。

「お花のかんむりよ。私が編んだの」

カルディナは、腰に手を当てて得意顔だ。それを見て、思わずクスリと笑ってしまう。

「では僕も一つ編んでみよう。教えてくれ」

そう言って花を持つエドワードの手元をのぞき込み、シンシアが教えはじめた。

白い花に囲まれた三人の子供たち、しかも全員が美形とくれば、その図はすごく絵になる。

「リカの花かんむりを編むから、ちょっと待って!!」

エドワードの言葉にうんうんとうなずきながら、私は彼らを見ていた。

「あなたってば、まだいたのね」

いつの間にかそっと私に近づいてきたカルディナが、憎まれ口を叩く。

「いつまでお兄様の側にいるの？」

「んー。とりあえず、しばらくはいるよ」

軽い口調で返事をすれば、カルディナは唇を尖らせた。

「しばらくっていつまで？」

「どうかな、いつまでかしらね」

ここにいる間はエドワードを見守ると決めたけれど、それがどのぐらいの期間なのか、私にもわからない。

首を傾げると、カルディナはなにかを見つけたようで、目を見開いた。

「ねえ、首に光っているのはなに？」

私の首を指さすカルディナは、どうやらネックレスのことを言っているみたいだ。

普段は服の下に隠れているけれど、隙間から見えて気になったらしい。

「ああ、これのこと？」

「見せて」

興味深そうな顔をして手を出してくるカルディナ。断るのも可哀想かと思い、私はネックレスを外して彼女に差し出した。

カルディナは無言でそれを受け取ると、じっと眺めてつぶやく。

「これって……」

それはエドワードと出会った日に受け取った指輪。指にするわけにもいかず、なんとなく首から下げたままにしている。万が一、肌から離して失くしたりでもしたら悪いしね。

「もしかしてお兄様から貰ったの？」

「そうよ」

正直に告げると、カルディナの表情が曇った。

「ずるい。あなたずるいわ。私だってもっとお兄様の側にいたい。ただ召喚された花嫁っていうだけで、ずっと側にいるあなたがすごく嫌い！」

カルディナの顔が険しくなっていく。手の中の指輪を握りしめて、今にも泣き出しそうだ。エドワードとシンシアは、花かんむり作りに夢中でこちらに気づいていない。

「あのね、カルディナ……」

なんとかなだめようと口を開くと、キッとにらまれた。

「この指輪、あなたになんて返さないから!!」

カルディナが叫んだことにより、ようやくエドワードが顔を上げてこちらを見た。

「カルディナ!?」

彼が声をかけた途端、カルディナは走り出す。

――湖に落ちたら危ない！

そう思った私は即座に彼女を追いかけた。子供の足なので、すぐに追いつく。

だが、カルディナは湖の側まで来ていた。

「落ち着いて、カルディナ」

説得しようとする私をキッとにらんだ彼女は、唇を噛みしめ、声を張り上げた。

「なによ、あなたなんて元の世界に帰っちゃえ‼」

そう叫んだと同時に、握っていたネックレスを湖に向かって投げる。

キラキラと輝きながら、ゆっくりと湖に落ちていくネックレス。

近くでポチャンと音がしたので、水面に落ちたとわかった。

その瞬間、私は無意識のうちに駆け出していた。

躊躇（ちゅうちょ）なく湖に入り、ネックレスが落ちたと思われる場所まで足を進める。この透明度なら、きっと見えるはず。それに幸い、落ちただろう場所はそんなに深くない。

膝（ひざ）をつきずぶ濡（ぬ）れになって、手探りでネックレスを探した。

水は体温より少し冷たく感じるぐらいで、寒くはない。

「リカ‼」

私を呼ぶ声に顔を上げる。するとエドワードが、必死の形相でこちらを見ていた。

その時、指先になにかが触れる。

それを引き上げてみると――あった！

細いチェーンのネックレスのトップについていた指輪は無事だった。安堵（あんど）の息を吐き出した私は、頬をほころばせる。

そして、丘に上がろうと立ち上がった時、異変を感じた。

私の腕が、透けている……!?

全身を見回す間にも、私の身体は透明度を増していく。これは……この現象は、私がここに来た時と同じ!?

透明になりつつある私は、エドワードに視線を向ける。

「リカ!!」

彼は水辺まで走ってきて、こちらへ手を伸ばしていた。だけど、もう間に合わない。

私は、不思議とそう悟った。こんなに唐突に別れがくるなんて……。このままじゃ、ちゃんとしたさよならも口にできない。

今にも号泣しそうなほど、顔を歪めているエドワード。

側で見守るって決めたのに、ごめんね。守れそうにないや。

ああ、彼の涙は見たくないと思ったのに、これじゃあ泣かせちゃうな。

だが、私まで泣くわけにはいかない。せめて最後は、私の笑顔を覚えていてほしい。

徐々に薄れゆく意識の中、私は彼に向かって、静かに微笑んでみせた。

ゆっくりと瞼を上げる。

視界に入ってきたのは、薄いグリーンのカーテンだ。そして、備え付けのエアコン、

壁に貼られたバイトのシフト。

あれ、なにか重要なことを忘れている……？

ふと、脳裏にある人物が浮かんだ。

「………わあ!!」

その瞬間、私は勢いよく上半身を起こした。

自分の服装を見れば、いつもの普段着のシャツにジーンズだった。

「エドワード、エドワードは!?」

焦って周囲を見るけれど、そんな人物は見当たらない。それどころか湖もなかった。

ここは1LDKアパートの一室、狭い私の部屋だ。私はベッドの上にいる。

「は……ははは……」

それに気づいた途端、脱力してベッドに倒れ込んだ。

さっきまで見ていたのは、すべて夢なの？

登場人物の名前も全部覚えているだなんて、やけにリアルすぎる。

よほど興奮しているのか、心臓が激しく動悸していた。

だが、ここはいつもと同じ私の部屋。現実であるわけがない。妄想もいいところだ。

人に相談したら、危ないクスリでもやっているんじゃないかと疑われるかもしれない。

だいたい、今日は何日だったっけ。ずいぶんと眠っていた気がする。

最後に記憶にあるのは、五日だった。

机の上のスマホを手に取れば、日付は六日。一日しか経っていない。あっ、バイトは無断欠勤したってこと⁉　もしかして一日中眠り続けたの？　私はどれだけ疲れていたんだろう。

スマホには、バイト先からの着信が数件入っていた。

人生で初の無断欠勤をしちゃった。どう言い訳しようか頭を悩ませる。異世界に行っていましたなんて言ったら、医者に行けと勧められてしまいそうだ。実際、そんな人が周囲にいたら、私でも医者を勧める。

よし、体調不良ということにしよう。ベタだけど、それしかない。あとは謝り倒す。

しかし、リアルすぎる夢だったわ。夢の中では一ケ月ほど経過していたせいか、記憶が鮮明だ。

「本当に、すごい夢だったな」

最後のあの少年の表情を思い出すと胸が締めつけられるけれど、それ以外はいい夢だった。可愛い男の子に懐かれたしな！　というか、結婚までしちゃったし！

思い出して、クスリと笑った。

だけど、いつまでもこうしてはいられない。

身支度を整えて、バイト先に連絡して謝罪しなくては。

ああ、こうやってまた、忙しい毎日がはじまるのだ。私は姿勢を正し、背筋を伸ばす。

その時、ふと首に違和感を覚えたので、なにげなく手をやると、なにかに触れた。

「なにこれ!?」

慌てて確認すれば、私が首から下げていたのは、金のネックレス。そしてその先には、アンティーク調の指輪がついていた。

「えっ……」

夢だと思っていたけれど、夢じゃなかったの？　まさか、あれは現実だった？

絶句する私の手の中で、指輪が輝いていた。

第三章　時の流れと再会

あれから四ケ月が経った。私は相変わらずバイトに明け暮れる日々を送っている。

今でも、ランスロード国で過ごした日々を毎日思い出して、考えてしまう。あれは夢だったの？　それとも現実の出来事？

幼かったエドワードはどうしているだろう？　他の皆は？

時間が経てば経つほど、夢か現実かの判断が曖昧になり、私自身も混乱していた。

迷った時は、いつも指先でそっと首元に触れる。

そこにあるのは、金のチェーンで繋がれた指輪。

この指輪だけが、あの出来事が夢ではなかったという証拠だ。

「夢じゃなかったんだよな」

今朝も、アパートの自室で一人つぶやく。もちろん返事はない。私はベッドから起き上がり、洗面台へと向かった。鏡に映る顔色は、いまいち冴えない。

「ああ、バイト行きたくない」

愚痴ったあと、深くため息をつく。だが、そんなことを言ってもいられない。

冷たい水で顔を洗い、急いでバイトへ行く準備をした。


「おはようございます」

職場の従業員専用出入り口である裏口の扉を開け、更衣室に入って挨拶をする。

私のバイト先はそれなりに大きな飲食店で、土日はいつも家族連れで賑わっていた。

「リカちゃん、おはよう」

ドアを開けてすぐに元気な声をかけてくれたのは、パートの玉木さん。

「おはようございます、玉木さん。早いですね」

そう言うとすぐに、着替えに入る。ここの制服はスカートがちょっと短い。しかも、胸元に大きなリボンがあるし、腰回りをエプロンでキュッとしめるので、体形がわかりやすいのだ。

「最近太ったから、家を早めに出て歩いてきたの。そしたら予想よりも早く着いたわ」

そう言って笑う玉木さんは、中学生の子供がいるとは思えないほどスタイルがよく、若々しい。地元で可愛いと評判の、この店の制服もよく似合っている。

「歩いてくるのは健康にいいですよね」

彼女のスタイルのよさの陰には努力があるのだろう。美は一日にしてならず。

私は、横で着替えはじめた玉木さんと会話をする。

「リカちゃんぐらい若くてスタイルもよければ、ここの制服も似合うんだけどねー。この年でスカート膝上はきつくて！」

「そんなことないですよ、玉木さん、よく似合っていますもの」

「そう？　中学生の息子に『母さん、恥ずかしい』なんて言われるのよ！　全く失礼しちゃうわ」

玉木さんは軽口を叩いて笑う。

「だけど時給もいいしね。『母さん、短いスカートまだまだ穿くからね』って宣言してやったわよ！」

そうなのだ、このお店の時給は割と高い。それに玉木さんを筆頭に、バイトの仲間との関係は良好だし、まかない料理も美味しい。

たった一つのことをのぞいては、恵まれているのだけど……

それを考えて、ため息が出そうになったのをグッと堪えた。

たくさんのことで恵まれているんだもの、たった一つのことぐらい、我慢できるわよね、うん！

自分自身を奮い立たせた私は、玉木さんと共にフロアへ向かった。

「これ五番テーブルへ持っていって」

「はい！」

「三番テーブルのお客様のサラダ、玉ねぎを抜いてほしいそうです」

ゆったりとした音楽が流れるフロアとは違い、厨房はバタバタと忙しい。

だけど、せっかく来てくれたお客様には少しでも楽しい時間を過ごしてほしいから、せっせと仕事を進める。昼のピーク時は、時間が過ぎるのがあっと言う間に感じられた。

忙しいと余計なことを考えなくて済むので、私は忙しい方が好きだ。

「今日の昼時も疲れたわね」

「でも、特にトラブルもなくてよかったですよね」

厨房の隅で、玉木さんと二人で取る遅めのまかない昼食は、豪華なハンバーグステーキ。おろしポン酢をかけて食べる、この店一押しのメニューだ。ナイフを入れて切り分けると、肉汁がじわっとしたたる。

それをフォークにさして、口に運んでいる最中——

「そういえばさっき、来てたわよ。オーナーの息子」

玉木さんがつぶやいた言葉に、フォークを持っていた手が止まる。さっきまでお腹がすいていたのに、一気に食欲が失せた。

この店のオーナーの息子は、高身長に短髪で、優しそうな顔立ちをしている二十二歳だ。大学を卒業後、親の跡を継ぐために地元に戻ってきたらしい。彼はこの店舗にもちょくちょく顔を出していた。そう、頻繁に。不必要だと感じるほどに。

「ほら、噂をすればよ」

玉木さんがこっそり耳打ちをしてきた。彼女の視線の先を見れば、オーナーの息子が厨房に入ってくるところだった。私がここにいると気づかれる前に、食事を終えよう。そう思った時、こちらを向いたオーナーの息子と目が合った。彼は片眉を上げ、微笑んで手を振ってくる。無視するわけにもいかず、私はペコリと頭を下げた。

「あのオーナーの息子、絶対リカちゃんに気があるわね」

「そんなことないですよ」

「だって、あんなに顔を出さなくてもいいのに、しょっちゅう来てるじゃない。リカちゃんに会いたくて来ているのがバレバレよね」

その言葉に苦笑いで返す。この手の話題は苦手だ。

「リカちゃんはどう思っているの？　彼、顔もいいし、ルックスもいいじゃない。それにお金持ちよ」

「私は別にどうとも思わないです。特別な感情はないですよ」

「あら、オーナーの息子、残念ね。私がリカちゃんの立場だったら、がっつくのに。それこそ、狙って狩りに行くわね！」

さすが玉木さん、肉食女子。狙った男子を自ら狩りに行くなんて、ハンターだ。

「玉木さんとリカちゃん！」

玉木さんと会話をしていると、オーナーの息子が近寄ってきた。内心、嫌だと思いながらも顔には出さず、挨拶をしてペコリと頭を下げる。

「こんにちは、林さん」

林とは、オーナーの息子の苗字だ。

「ちょうどよかった、そろそろ新商品のメニューを考えたいんだけど、偵察がてら他の店に食べに行こうと思うんだ。だから夜、一緒に来てくれないか？　女性の意見も聞きたいし」

突然の申し出に面食らってしまう。

「残念だけど私はダメです。息子の塾の送迎があるので」

玉木さんが林さんへふくみ笑いを向けながら、そう断った。

「じゃあ、リカちゃんだけでもどうかな？」

林さんから真っ直ぐに見つめられる私を、玉木さんが面白そうに眺めているけれど、どうしよう。二人っきりってことだよね。ややうつむいた私は唾を呑み込み、顔を上げた。

「ごめんなさい。今日は友達と先約があるんです」

テーブルの下で拳（こぶし）をグッと握りしめ、無理矢理笑顔を作る。嘘だとばれませんように……！

「じゃあ、また今度だね」

林さんは眉根を下げ、残念そうな表情をしてみせた。良心がチクリと痛んだけれど、しょうがない。

林さんが去ったあと、彼の背中を見て、私はこっそりため息をつく。

「どうしたの、リカちゃん。気を使ったつもりだったけど、余計なお世話だったかしら？」

玉木さんが心配そうに顔をのぞき込んできた。

「二人で出かけるのはちょっと厳しいです。誤解されても困りますし」

「そっかぁ。ごめんね、変な気を使ってしまって」

「いえ、こちらこそ、すみません」

玉木さんは理解してくれたらしい。腕を組んで天井を見上げた彼女は、私に視線を向けてきた。

「ね、ね、じゃあ、リカちゃんは他に好きな人いるの⁉」

「えっ……」

急な質問にドキッとしてしまう。

「いませんよ。そもそも出会いもないですし」

「またまた～。リカちゃんてば、可愛いし、しっかりしているし、絶対もてると思うんだけど。うちに来る常連さんにも、リカちゃんを狙っている人はいるからね。あと、それは誰から貰ったの？　プレゼントでしょう？」

私の首元を指さした玉木さん。見下ろしたところ、服の隙間からネックレスがのぞいていた。

「あ、いえ……、これは……」

気づかれていたと知り、動揺してしまう。

「リカちゃん、無意識かもしれないけれど、時折、そのペンダントトップに指で触っているわよ。だから『大事な人から貰ったんだなぁ』って思っていたの」

自分でも意図していない行動だった。しかし、玉木さんは驚いている私にはお構いなしだ。

「いいなぁ。私にも誰か、素敵な贈り物をくれないかしら」

そう言って、おどけてみせる玉木さん。そうこうしているうちに掛け時計が鳴り、休憩時間の終わりを告げた。

「おっと、リカちゃん、この話はまた今度ね」

微笑みながら席を立った玉木さんと共に、フロアに戻る。それからもお客さんが途切れることなく来たので、忙しく動き回った。


「すっかり、遅くなっちゃったわね」

「ええ、そうですね」

今日は忙しかったせいで、バイトの終了予定時刻より一時間残業をした。

「玉木さん、あとは私がやっておきますので、先にどうぞ」

玉木さんは家に待っている人がいる。だから急な残業は予定が狂って困るはずだ。今の時間ならバスに間に合うから、早く行ってもらわなきゃ。

「ごめんね、リカちゃん。今度埋め合わせするからね」

そう言って、玉木さんは急いで帰っていった。

そこから私は、片づけなどの雑用を終わらせ、ホッと一息をつく。そろそろ着替えて帰ろうと椅子から立ち上がった時――

「終わった？　リカちゃん」

誰もいないと思っていたフロアから聞こえた声に、私は肩を震わせた。

「あ……林さん」

驚いた。いつからそこにいたのだろう。驚きで顔を引きつらせながらも、笑顔を作った。

「ええ、無事に終わりました。お疲れさまです」

更衣室に向かうためには、扉の近くに立つ林さんの横を通らなければいけない。

内心びくつきつつも早足で通り過ぎ、ホッとした瞬間、手首を掴まれた。

「リカちゃん、今日はお友達と約束していたんじゃないの？」

とっさに聞かれて、休憩の時の嘘を思い出した私は、慌てて取り繕（つくろ）った。

「あ、遅くなりそうなので今日はキャンセルしてもらったんです」

「ふうん」

すると、林さんは目を細めて笑う。彼の笑みは、なんだか苦手だ。

「じゃあ、俺と今からご飯行こうよ」

「え……」

「いいでしょう？」

林さんは、私の手首を掴んだまま離さない。

「あの、手を離して下さい」

引き抜こうとしても、男の力には敵わない。強引に話を進めようとする彼に内心いらだつ。こうなったら……

「林さん、離して下さい」

彼の目を見て、私は強い口調できっぱりと言い切った。林さんは驚いた顔をして、ぽかんと口を開く。

「私は食事に行きません。このまま帰ります」

「なんで？」

拒否された理由が、心底理解できないとでも言いたげだ。

「だってリカちゃん、帰っても一人でしょう？　それに学生の頃から、ずっと一人暮らししているよね、駅裏のアパートで。寂しくないの？」

林さんは、すらすらと私の個人情報を口にした。履歴書に書いてあることだけど、それを覚えているの？

「俺、リカちゃんを初めて見た時から、すごく綺麗な子だと思って、二人になれるチャンスを狙っていたんだ。だけど、君はなかなか隙を見せない。それどころか、俺を避けていたよね？」

避(さ)けているのがばれていた。気まずさから、私は視線を逸らす。

「俺を避(さ)けるのは、それが理由なの？」

「えっ……」

林さんが指さしたのは、私のネックレス。

「そのネックレス、ある日から付けてくるようになったよね。男からの贈り物？」

「そ、そうなんです！」

これ幸いとばかりに、私はブラウスからネックレスを引き出した。そして、トップの指輪を彼に突きつける。

「い、いつか結婚しようって約束して、貰ったんです！」

この場合、嘘じゃないわよね。

林さんは黙ってうつむいた。ここまで言えば、もう大丈夫なはずだ。よし、このまま帰ろう。

だが次の瞬間、林さんは顔をガバッと上げると、鋭い眼差しで私を見つめた。

「そんな指輪より、俺がもっと高いのを買ってやるから!!」

彼の目に浮かんでいたのは、強い嫉妬心(しっとしん)だった。やばい、逆に煽(あお)る結果になったか!?

「だいたい、こんな指輪、なんのブランドでもないんだろう？　どこかの安物なんて、俺のリカには似合わない!!」

いつから私はあんたのものになった!?　それにリカって呼び捨てか！

いろいろとツッコミどころの多い台詞を吐かれた瞬間、私は、この職場から去ろうと決意した。

時給もいいいし、同僚は優しい、だけどこの人だけは苦手なの!!

これまでも、林さんの値踏みするような眼差しに、時に身の危険を感じていたのだ。

「離して下さい」

頑なに拒絶する私に、彼は舌打ちをした。

「なんだよ、こんな指輪なんて!!」

「あっ!!」

逆上した林さんは、私の指輪を掴んだ。その瞬間、指輪を通して全身がビリッと痺れた。

静電気とは違う感覚が流れ込み、息が止まる。

不思議と痛くはなかった。だが、私は驚いて目を閉じた。直後、恐る恐る瞼を上げると、林さんが床に倒れている。

「は、林さん!?」

驚いて体を揺さぶったところ、意識はあるみたいで、彼は瞬きを繰り返す。しかし、動けないらしく目だけをキョロキョロ動かし、呼吸を荒くしていた。

「きゅ、救急車を呼びますね!!」

心臓に持病でもあるのかもしれない。それとも、先ほどの電流が流れたような感覚のせいなの？

考えてもわからない。まずは助けを呼ぶために立ち上がろうとしたら、私を見ていた林さんの目が驚愕に見開かれた。

何事かと思って自分の腕に視線を向けると、体が透けている。

「え……！　これって……!?」

この現象は前にも経験したことがある。もしかして、戻るの？　あっちの世界に。

徐々に薄れゆく意識の中で浮かんだのは、金髪の髪をなびかせて無邪気に微笑むエドワードの姿だった。

またエドワードに会えるの？

あの可愛い声で、もう一度私の名前を呼んでくれるの？　『リカ』って。

そう思った途端、胸に込み上げてくるものがあって、私はごく自然に微笑んでいた。

どこかで鳥が鳴いている。それに草の匂いがする……

うっすらと目を開けた直後、まぶしい日差しに顔をしかめた。だがすぐに瞼（まぶた）を上げると、視界に広がったのは白い雲が流れる青い空。それは、どこまでも続いている気がした。

ゆっくりと額（ひたい）に手を置いて、ぼんやりと考える。

ここはどこだろう……。そして私は……

朦朧（もうろう）とした頭で考えていると――

「起きろ!!」

急に大きな声で叫ばれて、一瞬で目が覚める。

横になったまま声の方に顔を向ければ、私をにらみつけている男がいた。

「なぜ、こんなところに入り込んでいる!?」

彼はめちゃくちゃ興奮していた。その手に握られているのは剣だ。しかも、剣先は私に向いている。

それを見た瞬間、顔からサーッと血の気が引いた。

「あっ、あの、私……！」

混乱しつつも起き上がると、相手は驚いたようで、ビクリと肩を揺らした。だが、私に向けている剣をしまおうとはしない。

改めて男に視線を向ければ、彼は映画の中で見る兵士みたいな鎧(よろい)を着ていた。

「こ、ここはどこ!?」

焦った私は、動揺しながらも口を開く。

「ここは、一般人の立ち入りが禁止されている場所だ!!」

周囲を見回せば、すぐ近くに大きな湖があった。この澄んだ湖と周辺の景色には見覚えがある。もしかして――

「ここはランスロード国!? 私、戻ってきたの!?」

「いかにもここはランスロード国だが、お前はなにを言っている!!」

男の答えに驚愕(きょうがく)した私は、目を見開いた。

「ああ、やっぱり!!」

体を震わせながら、再度周囲を見回す。ここは、エドワードと最後に別れた場所だ。だが、湖の中心には見覚えがない高い塔が建ち、橋までかけられていた。いつの間に建てたのだろう?

不思議に思って首を傾げていると、いきり立った男に剣先を近づけられた。

「このままでは、埒(らち)があかない! まずは立て!」

でも、脅(おび)えてなどいられない。

「エドワードは……。エドワードは元気なの!?」

「黙れ！」

立ち上がったところ、剣先をさらにズイと突きつけられ、黙るしかなかった。

「歩け！」

命令されるまま歩く。歩く間に、徐々に冷静になってきた。

エドワードは私と再会して喜んでくれるかしら？　勝手に帰ったことを怒っている？

もしかしたら、私の存在自体を忘れて元気にやっているかもしれない。

いろいろ考えていると、会うのが怖くなってくる。それに、いったいどこへ向かっているのだろう。

「あの……」

「なんだ」

質問しようとすれば、ギロリとにらまれた。だけど、ひるんでなんかいられない。

「私はこれからどうなってしまうのでしょうか」

「お前が何者なのか、尋問する」

「尋問!?」

それを聞いて、声が上ずってしまう。

「ああ、お前の目的はなんなのか、どういった経路で侵入したのかなど、聞きたいことは山ほどある」

「そっ、そんな……」

お願いだから、今すぐエドワードを呼んできて、早く！　と言いたいけれど、さっきの様子だと、言った途端にぶっ飛ばされそうな気がする。これは大人しくついていくしかないのだろうか。

湖から離れ、林道を歩いていると、石造りの建物が二棟並んでいるのが見えてきた。片方は宿舎のように見える建物で、もう片方は闘技場みたいな建物だ。闘技場と思われる建物から、大勢の人々の気合の入ったかけ声が聞こえる。兵士たちの訓練場なのかもしれない。

城の外れには初めて足を踏み入れたけれど、こんな建物あったかしら？　疑問に思いつつ歩かされ、外壁の一角にある扉の前に連行された。その扉を兵士が開けると、下に続く暗い階段が現れる。かびっぽい臭いが鼻をついて、私は顔をしかめた。

「あの、どこへ行くの？」

聞いても返事はなく、先に階段を下りるように促(うなが)される。私に拒否する権利があるはずもなく、ゆっくりと階段を下りた。

ひんやりとした重苦しい空気に加えて、薄暗い空間。もしかして、この先は地下牢という場所でしょうか。不安になって足がすくむが、早く歩けとこづかれるので、嫌々ながらも歩みを進めた。

やがて鉄格子が見えてきて、嫌な予感が的中したことを理解する。

「ここに入っていろ」

そう言うやいなや、男は私の背中を押し、牢の中へ押し入れた。そのはずみで転んでしまう。

「痛っ！　膝をすりむいたんだけど！」

「そんな奇妙な格好をしているからだ」

男に言われて自分の姿を見れば、バイトの制服である膝上丈のスカートのままだった。

「今から隊長を連れてくるからな。待っていろ」

威圧的に言い放ち、去っていく兵士の背中を見つめる。彼の姿が見えなくなったところでため息をついた。冷たい床に座るのは嫌だったので、その場にしゃがみ込む。

かび臭い空気に満ちた石造りの冷たい部屋は、脱走防止のためか、窓がすごく高い場所にある。それも鉄格子の外側だし、わずかな光しか差してこない。

エドワードに会わないととは思うけど、あの兵士は私の話に聞く耳を持たないだろう。

こんなじめじめした場所にいるせいもあって、気持ちがどんどん暗くなっていく。

だけどここで泣いてはいけないと、なんとか自分自身を奮い立たせた。

しばらくすると、人の話し声が聞こえてきた。それに続いて、地下に下りてくる複数の足音が響く。それに気づいた私は、顔を上げた。

「どーれ。強固な守りをかいくぐって、侵入してきた強者の顔でも拝むとするか」

やって来た人物はどこか楽しそうな声を出しているけれど、私への対応はそう甘くないだろう。

緊張から、ごくりと唾を呑み込んだ。

やがて、三人の男の姿が見えた。先ほどの兵士が先頭になって案内しながら、私のいる牢屋の前まで進む。

三人に鉄格子の前に立たれ、窓から入っていたわずかな光を遮られた。逆光となり、彼らの顔は見えない。

「おい、立つんだ！」

兵士に命令され、よろよろと立ち上がる。緊張のせいか足が震えた。

「ん……？　変な格好をしているな」

その言葉に、好きでこんな短いスカートを穿いているわけじゃないと主張したくなる。

「わ、私は怪しいものでは……」

月並みな台詞を途中まで口にして、我に返った。どう見たって怪しい女だと思われているから、ここにいるのだ。こんなことを言っても意味がないかもしれない。

私が考え込んでいると、体格のいい男性が兵士に問いかける。

「おい、この女性は、どこにいた？」

「はい、隊長。ラナルディア湖の周辺を巡回していましたところ、発見しました」

「ラナルディア湖……」

隊長と呼ばれた男性は顎下に指を置き、首を捻った。

「……おい、顔を見せてくれないか」

言われた通りに彼の顔をおずおずと見つめると、いきなり隊長が舌打ちをする。

「チッ！　こんなに暗くちゃ見えねえじゃねえか！」

怒声に、肩がビクッと震えた。

「すみません、ランプの油がきれていました。なにせ急だったので」

「こんな事態のためにきれないように常備しておけって、言ってるだろう！」

「申し訳ありません」

ペコペコと頭を下げて謝罪する兵士に、怒鳴りつける隊長。まるで私が怒鳴られている気分になり、後ずさる。すると隊長は再びこちらに顔を向けた。

「ああ、すまない。あんたを怒鳴ったわけじゃないんだ。脅えさせてしまって悪かったな」

まるで小さい子に話しかけるような優しい口調だ。

その変化に驚き、コクコクとうなずくしかできなかった。

「んで、ちぃーっとばかし、確認したいことがあるんだわ。こんな暗い場所じゃ無理だから、外に出てくれないか？」

声色は優しいが有無を言わさぬ雰囲気に、完全にすくみ上がってしまう。もしかして、優しい言葉で油断させて、あとからオラオラ、吐け吐け～なんて言われるの!?

その時、隊長と共に来たもう一人の兵士が、ため息をついた。

「隊長、ダメですよ。そんな優しい言葉をかけても、完全にすくみ上がっています」

「ん？　なんでだよ!?」

再び部下を怒鳴りつける姿に、私はもう涙目だ。すると、隊長は再びこちらに向き直った。

「ああ、悪気はないんだが、つい声が大きくなってな～。脅えないでくれ」

むっ、無理！　熊を前にして怖いと思う人間の心理は変えられないでしょう!?　それと同じです！

「隊長、逆効果ですってば！」

「やかましいわぃ!!」

叫び声に耳がキーンとして、倒れそうだ。やがて、隊長はコホンと咳払いをした。

「埒があかない。ひとまずここを出るぞ。……おい、ランド」

「はい」

「お前はこの件を上に報告してきてくれ。俺らはいったん、外に出る」

「上、ですか」

なにやら二人でこそこそと話しているが、よく聞き取れない。

しばらくすると、一人の兵士が走り去った。

「さて。まずは、こんなかび臭い場所から出よう。――おい」

隊長が顎で兵士を促すと、兵士は鍵を持ち、鉄格子を開けようとする。しかし、なかなか開かない。

「す、すみません！　どうやら違う鍵を持ってきたようです。取りに行ってきます！」

「チッ！　しょうがねえな！」

兵士が焦って震えながら報告すると、隊長は胸ポケットから細い針金のようなものを取り出した。彼はそれを鍵穴へ入れ、何度か回す。すると、カチャリと鍵が開いた音がした。

太い指だけど意外に器用なんだと、妙なところで感心してしまう。

とはいえ、こんなに簡単に開いてしまって、牢屋の意味はあるの？　そう考えていたら、私を捕えた兵士が脅しをかけてくる。

「ここは兵士の反省部屋だから、鍵が甘いんだ。本物の牢屋はこうはいかないからな」

尋問の結果次第では、その牢屋に連れていかれる可能性もあると示唆しているのだ。

「さあて、出るぞ。歩けるか？」

隊長に問われた私は、勢いよくうなずいた。

こんな暗くてジメジメした場所からは、一刻も早く出たい。虫もいそうだし！

そうして前は隊長、後ろは私を捕えた兵士に挟まれる形で階段を上り、地上に戻った。

外に出ると、風を感じる。先ほどまでのかび臭い空気ではなく、新鮮な空気だ。

暗闇から急に外に出たものだから、まぶしくて目がチカチカする。顔をしかめていると、前を歩いていた隊長が振り返った。

その瞬間、私は驚きにビクッと肩を揺らす。相手も、細い目を大きく見開き、呆気にとられた顔をしていた。

筋肉で盛り上がった広い肩幅は、がっちりしている。年齢は四十代だろうか。顎髭を生やし、よく日に焼けていた。

彼の名は確か――

「クルド副隊長⁉」

私は大きな声で叫んだ。クルド副隊長は、名を呼ばれた瞬間、驚いた様子で体を揺らした。間違いない、私とエドワードが街に行った時、絡んできた男たちから守ってくれた、クルド副隊長だ！

「お久しぶりです、私のこと、覚えていますか⁉　クルド副隊長ですよね⁉」

知っている顔を見て安心して、顔がほころんだ。よかった、私を知っている人に会えた。

「痛っ‼」

だが、その途端、後頭部に痛みが走る。慌てて背後を振り返ると、兵士が怒りで顔を歪めていた。

「なんだ、貴様のその態度は失礼だろう‼　それにクルド副隊長ではない、クルド隊長だ！」

「え……。あ……そうでしたか？」

どうやら私がいない間に、昇進したみたいだ。だからって、叩くことないでしょう？

「バカヤロウ‼」

いきなり、耳をつんざく怒声が響く。再び振り返れば、クルド隊長が顔を真っ赤に染めていた。どうやら私の間違いは、彼のプライドを傷つけてしまったらしい。しまった、なれなれしい態度を取ってしまったかもしれない。

「す、すみま……」

「この方に少しでも傷をつけたら、お前の首が飛ぶぞ‼」

頭を下げ、謝罪の言葉を口にする前に、さらなる怒声が飛んだ。

ん？　さっきのって、私に言ったんじゃないの？

顔を上げれば、クルド隊長は兵士をどやしていた。兵士はうろたえて、顔面蒼白になっている。二人を交互に見比べるも、意味がわからない。

そうしていると、兵士がわらわらと集まってきて、あっという間に取り囲まれた。

「隊長、いかがなされましたか⁉」

あれだけの怒声だもの、周囲に響き渡っていたに違いない。

もう、どうしたらいいのかわからない。パニック状態で泣きそうだ。

「隊長、お連れしました！」

「おお、来たか！」

すると、一人の兵士が前に進み出た。その兵士の背後には誰かが控えている。背が高く、黒くて短い髪の男性が、切れ長の黒い目で私を凝視（ぎょうし）している。その顔にもどこか見覚えがあった。

「……クラウス!?」

名を呼べば、彼は息を呑んだ。だが、私は違和感に気づく。

違う、彼はクラウスじゃない。

別れた時、クラウスは十五歳だった。目の前にいる相手はクラウスより背が高く、さらに落ち着いた雰囲気を醸(かも)し出している立派な大人だ。

「もしかして、クラウスの……お兄さん？」

実際、彼に兄弟がいるかは知らないけれど、あまりにもクラウスに似ている。他人のわけがない。

「これは……」

彼はクルド隊長を見た。視線で会話を交わす彼らに、疎外感を感じる。

私、完璧アウェイ。泣いていいですか？

その時、兵士の一人がなにかに気づいた様子で、急に膝(ひざ)をついた。それにつられるかのように、他の兵士たちも膝(ひざ)をつき、頭を垂れる。慌てて周囲を見れば、クルド隊長も、クラウスのお兄さんも同じ姿勢を取った。

なになに、なにが起こったの!?　なにかの儀式!?　これは私も同じ体勢を取った方がいいの？

焦ってキョロキョロしていると、こちらへ走ってくる男性が視界に入る。不思議に思いつつも、徐々に近づいてくる相手をじっと見つめた。

ブロンドの髪が太陽の光を浴びて輝き、揺れている。瞳の色は青。それも空を思わせるスカイブルーだ。すっと通った鼻筋に、薄い唇をしていた。上質そうな白のブラウスにタイ、刺繍(ししゅう)の入った焦げ茶色の上着を着て、長いマントを羽織(はお)っている。服装からして、高貴な身分だとわかった。

彼のすべてがなぜか懐かしく感じる。

距離が近くなるにつれ、周囲の音が遮断されたように思えた。

音の消えた世界で、私はただ彼の視線を受け止めている。

男性の美麗な顔に浮かぶのは焦り。なにをそんなに急いでいるのだろう。目前まで来た彼は、くしゃりと顔を歪(ゆが)めた。

見上げるほど背の高い男性は、息を呑み、薄い唇を開く。

「リカ」

この世界に戻ってきて、初めて名を呼ばれた。

ふいに、堪(こら)えていた涙が流れる。

自分のことを知っている人がいたという安堵で、胸の前で両手をギュッと握りしめる。

「はい」

返事をすると同時に、いきなり抱きしめられた。背中をがっしりと押さえられ、腰にも腕が回されている。広い胸に力いっぱい押さえつけられる体勢なので、苦しい。

「リカ!!」

彼の低い声には聞き覚えがなかった。

いきなり現れた美形に抱き付かれ、私は硬直して声すらも出せない。

「長かった。この期間は試練なのかと思うほどに。だが必ず戻ってくると信じていた——」

頭をかき抱き、私をがっちり全身ホールドしつつ、彼は耳元でささやいた。

すると、クラウスのお兄さんが彼に声をかける。

「エドワード様、お気持ちはわかりますが、リカ様が固まっておられます」

……エドワード!?

会いたいと思っていた人物の名前が聞こえ、ピクリと耳が動いた。

そして、フリーズしていた思考が、ようやっと動きはじめる。

エドワードって、あの小さくて可愛かったエドワード!?

それって今私を抱きしめている、この人のこと？

身じろぎをすると、私を拘束する手が緩んだ。そこでおずおずと顔を上げる。

こちらを見下ろす彼の眼差しには、優しさと熱情が込もっていた。そこに幼い頃の面影を感じ取り、半ば確信を持って口を開く。

「エドワードなの……？」

「リカ!!」

再び強い力で、彼の胸にかき抱かれた。

ちょっと待ってよ!? 本物のエドワードなの!? 私の知っている彼はまだ十一歳だったはず。

ドンと胸を叩くと、私を抱きしめる手が緩む。

「どうしたの、エドワード!? なんでそんなに大きくなったの!?」

「ずっと大きくなりたいと思っていたから、それは嬉しい言葉だ。それにしても、リカは変わらない」

そう言って、彼は嬉しそうに微笑む。

クッ、やはり将来有望だという予想が見事に当たった。その笑顔、反則級！

動揺しながらも、私はさらに問いかける。

「答えになってない！ 急にこんなに大きくなるなんて、おかしいじゃない！」

「急に？」

「ええ、そうよ！」

「リカと離れていた十年間、体を鍛え、努力した結果こうなった。リカを守れる男になるため、必死だったんだ」

……ちょっと待って。

十年って言った？　私たちが離れていたのは、四ケ月だったわよね？　もしかして、時間の流れが違うとか……そんなことが本当にあるの!?

そこで、恐る恐る口を開いた。

「じゃあ、エドワードはいくつなの？」

「二十一歳になった」

「まさかの年上!?」

あまりのことに呆然としていると、エドワードがいきなり肩からマントを外す。そして、それを私の背中からかけた。柑橘系（かんきつけい）であるシトラスの香りが、優しく私を包み込む。

エドワードは毅然（きぜん）とした態度で、跪く（ひざまず）兵士たちに声をかけた。

「クラウスとクルドは一緒に来てくれ。あとの皆は持ち場に戻るように」

その声を聞き、兵士たちは足早に解散する。

さっきエドワードが呼んだクラウスって……

「クラウスって、あのクラウスなの？　本人？」

呆けつつもそう聞けば、彼は優しく微笑んで答えた。

「はい、ごぶさたしております。リカ様」

ああ、改めて聞いたらわかった。この優しい声はクラウスだ。当時の彼は十五歳で、声変わりしていた。あの時の声と同じだ。

「それにクルド副隊長もお元気そうで。あ、隊長でしたね」

懐かしくて声をかければ、クルド隊長は膝をつく。慌てて止めてもらおうとしたところ、かけられたマントが肩からずり落ちた。重たいので、すぐに落ちてしまう。しかも今のエドワードサイズなので、私が羽織ると地面スレスレだ。なぜこれをかけたのだろう。特別寒くもないのに。

困惑している私の表情を見たクルド隊長が、苦笑した。

「そのマントは、エドワード様の心の現れでしょう」

「え？」

「あなた様の綺麗なおみ足を、我々に見せるのが嫌なのかと」

言われて気づいたけれど、この世界では膝下スカートが主流で、短いスカートなど見たこともなかった。急に恥ずかしくなり、羽織(はお)っていたマントをギュッと引き寄せる。

「リカ、行こう。話はそれからだ」

その時、力強い手で肩を抱かれた。骨ばった大きな手に視線を投げたあと、顔を上げると、エドワードが私を見つめている。

熱い眼差しを向けられ、恥ずかしくなった。

本当に、いつの間にこんなに大きくなったの!?　それにこちらでは十年が経っているってことは、時の流れが違うということだよね?

混乱しながらも、私はそのまま連行されたのだった。

そして、懐かしい城内へ足を踏み入れたところ、城内はいろいろと変化していた。

床に敷かれた絨毯(じゅうたん)は記憶にある濃い緑色から、落ち着いた赤に変わった。広い廊下の壁には、花瓶が置かれていたはずなのに、絵画が飾られていた。

そりゃあ、十年も経っているのだったら、所々変わっていて当たり前だけど、懐かしいような、新鮮なような、不思議な気持ち。

やがて私が、以前使っていた部屋へと案内された。

「懐かしい」

不思議なことに、この部屋はどこも変わっていない。家具の配置も、すべて同じ。

「まずはお召し替えをお願いします」

部屋に入ってきた侍女の手を借りて、着替えをする。重たいドレスや、手伝ってもらう着替えの仕方も懐かしく思いながら、彼女たちに任せた。

そして薄化粧を終えると、別室へ案内される。通された部屋では、エドワードが私を待っていた。

「リカ!!」

私が部屋に入った途端、すごい勢いで近づいてくる。まるで待ち構えていたかのようだ。

「着替えたんだね、よく似合っている」

そう言ってギュッと抱きしめてくるものだから、驚いてしまった。

「ちょっと、エドワード、は、離して！」

「なぜ？　昔はよくこうやって、リカがギュッとしてくれた」

「それとこれとは話が別なの。あの頃のあなたは、まだ子供だったでしょうが！」

精一杯強がってみせたのに、エドワードはクスリと笑う。

「あの頃、リカは背が高いと思っていたけれど、今は追い抜けた」

そう言って腰に手を回してくるエドワード。私の頭に頬ずりまでして、離す気がなさそうだ。変に意識してしまうじゃない。

「この十年、長かった。だが、リカの姿を見た瞬間、苦悩の日々を忘れるほど嬉しかったよ」

「エドワード……」

「もう離さない」

彼はそう言って私の肩口に額（ひたい）を当て、頭を預けてくる。重いけれど、今は好きにさせてあげよう。

静かにため息をついたあと、私はそっと手を伸ばし、彼の髪に触れた。そういえば、子供の頃もよくこうやっていたっけ。

無言で二度三度、彼の頭を撫（な）でた。なだめるように手を滑（すべ）らせれば、エドワードが顔を上げる。そのまま、吐息が頬にかかる距離で見つめあった。スカイブルーの瞳が潤（うる）み、そっと近づいてくる。

その直後、チュッと音を立てて額（ひたい）に口づけを落とされ、思わず手で押さえた。

「エ、エドワード!?」

「これ以上リカに触れたら、制御できなくなる。だからその前に行こう。面倒だけど、ついてきてほしい」

そう言うやいなや、彼は私の手を取り部屋から出た。

そして私は、見覚えのある場所に連れていかれる。扉が開かれると、赤い絨毯の先にある王座に座っていた人物が立ち上がった。

「よく戻ってきてくれた、アスランに選ばれし召喚の花嫁!!」

私を見るなり、王はそう叫んだ。王の見た目は十年前とほぼ変わっておらず、歳を取らないいんじゃないのかと思うほど若々しい。エドワードみたいな大きな息子がいるとは、とても思えなかった。

「リカが戻ってきてくれたことを喜ばしく思うぞ!　だが、一番喜んでいるのは、我が息子だろう」

そう言った王が視線を投げれば、エドワードは当たり前だと言わんばかりにうなずいた。

「もちろんです」

すると、王は興奮気味に口を開く。

「この十年間エドワードは、花嫁が消えたのをいいことに娘をあてがってきた貴族共を一蹴してきてな。『自分の花嫁はリカだけだ』と言って聞かなかったのだ」

え……。

思わず、隣に並ぶエドワードの顔を見上げる。戻ってくる保証などどこにもなかったのに、ずっと私を待っていたというの？

彼は、どんな気持ちで十年を過ごしたのだろう。そう思うと胸が痛んだ。

「ああ、リカに会いたいと願う人物がもう一人いるのだが、会ってはくれないか？」

王が、ふと思い出したように聞いてきた。誰なのかな？

「はい、喜んで」

私がそう返答すると、王は扉付近にいる兵士に目で合図を送る。それと同時に扉が開かれた。その向こうから現れたのは、私と同じぐらいの年齢の女性だ。

腰までのブロンドの髪はウェーブがかかり、波打っている。小さな顔に大きな瞳の持ち主の彼女は、赤い唇を真一文字に引き結んでいた。どこかエドワードに似ている彼女を見て、すぐに誰かわかった。

「……カルディナ？」

名を呼べば、彼女の肩が跳ねる。その様子からして、緊張しているのだろう。

しかしまぁ、華やかな美女に成長したなあ。さすがエドワードの妹！　兄妹そろって、人目を惹く美貌だ。

王に手招きされたカルディナは、私のすぐ側まで足を進めた。手の届く距離まで来ると、彼女はスカートの両端を持ち、すっと頭を下げる。

「申し訳ありませんでした」

「え？」

予想外の言葉がかかり、彼女の美しさに見とれていた私は、場違いな声を出してしまう。

「あなたがいなくなったのは……私のせいです」

カルディナの表情は、苦渋に満ちていた。

私が元の世界へ帰ったあの時、指輪を湖へと投げたカルディナ。それを取りに行ったことがきっかけで日本に帰ったが、あれは私が勝手にやったこと。彼女だって、まさか本当に私がいなくなるとは思っていなかっただろう。

離れていたのは、私にとっては四ケ月。だけど彼らにとっては十年という長い時だった。その間、カルディナはずっと後悔していたの？

そう思うと、むしろ私の方が心苦しい。

「顔を上げて下さい、カルディナ」

静かに語りかけると、彼女は緊張したように体を揺らして顔を上げた。その表情は強張っている。

私は努めて明るく、にっこりと微笑んだ。

「いったいなんのことを言っているの？　私、全然わかりません」

「ですが……！」

焦って詰め寄ってくる彼女に、はしゃいだ声をかける。

「それよりも、久々に会えて嬉しい。すっかり美人になって！　あの時は、まだまだ子供だったのに、カルディナはいくつなの？」

「……先日、二十歳になりました」

「ええっ!?　まさかの年上!!」

素で驚いた。エドワードだけでなく、彼女まで私より年上だなんて。別れたのが四ヶ月前だから、そんな実感が湧かなくて困ってしまう。

でも、年齢が上だろうが下だろうが関係なく、これだけは伝えたい。

「また仲良くしてくれるかしら？　カルディナ」

微笑んでサッと右手を差し出す。彼女はその手を少し見つめたあと、そっと握り返してくれた。

そう、これでいい。私は責めるつもりもないし、彼女のせいだとも思っていない。過去にとらわれず、前に進んでほしいのだ。

カルディナは大きな瞳から、大粒の涙をはらはらと流していた。私と目が合うと、涙しながらも微笑む。

「……ありがとう」

つぶやくような声が聞こえたので、声がした方に視線を向ければ、優しく微笑むエドワードがいた。彼の視線が、なんだかとても気恥ずかしくて、慌てて視線を逸らす。

ただ笑顔を向けられただけなのに、私ってば意識しすぎじゃない？

そこで、王が手を叩き、皆の視線が集中する。

「戻ってきた召喚の花嫁を、皆にお披露目する舞踏会を開こう」

えっ！　そんないきなり言われても……驚くばかりで言葉が出ない。

「前回は開催する前にリカが帰ってしまったが、今回こそは早く開くぞ！」

王は張り切った声で、そう宣言した。

礼儀作法も満足にできないのに、皆にお披露目なんて勘弁してほしい。その時、ふいにエドワードに肩を抱かれた。

「私が側にいるから。リカは微笑んでいるだけで構わない」

歯の浮くような台詞も、エドワードなら様になる。だが、言われた私はどう反応するべきか悩む。

しばらく視線をさまよわせつつ考えたものの、結局うなずいた。そのお披露目がいつになるかわからないけれど、まだ当分先だろう。それまでにどうにかすればいい。

そして王と挨拶を交わし、私とエドワードの二人で退室する。

「待って下さい！」

長い廊下をエドワードと並んで歩いていると、後方から声がかけられた。振り向くと、走ってきたのか息が荒いカルディナがいる。

私の顔をじっと見つめたあと、彼女は唇をギュッと噛みしめた。

「少し、お話をしたくて」

こんなに美人にすがるような目で見つめられ、断ることができる人がいるだろうか。いや、いない。即座にうなずいた私を見ると、カルディナはホッとしたみたいに頬をほころばせる。

エドワードに視線を向けたところ、意図を理解したのか、彼が提案してきた。

「では、そこの応接間で話すといい。私は隣の部屋で待っているとしよう」

そう言って、彼が部屋の扉を開けてくれた。私たちはふかふかの絨毯が敷かれた室内に足を踏み入れる。

座り心地のよさそうな椅子には、職人の手彫りと思われる彫刻が施されていた。

「どうぞ、おかけになって下さい」

カルディナに勧められるまま腰かけると、彼女も正面に座る。二人きりになり、緊張が走る中、彼女は意を決したように口を開いた。

「あなたには本当に悪いことをしたと思っています」

彼女が真面目な顔をして謝罪する。では、私も腹を割って話そう。

「一度もカルディナのせいだと思ったことはなかった。これは本当よ」

「でも私は……」

唇をギュッと噛みしめ、彼女は思いを吐き出した。

「あの時、子供心にあなたがいなくなればいいと思っていた。湖に指輪を投げたのだって、あの指輪がなくなれば、この婚約がなくなるものだと思い込んで……。本当に馬鹿なことをしました」

「いいえ。湖に入ったのは私の意思だもの。カルディナは関係ないわ。それに、私が消えてしまうだなんて、誰も予想していなかったと思うの」

「……あなたが消えてしまったあと、悲嘆にくれる兄を見て、心底後悔しました。私を責めてくれた方がいっそよかったけど、兄はそれをしなかったのです。ただ、目の前で消えてしまったあなたをあきらめずに、ずっと探していました」

深いため息をつくと、彼女は言葉を続けた。

「十年間、兄はあなたを待ち続けた。そして私は大人になり、当時の状況をようやく理解できたのです。あなたは『召喚の花嫁』と呼ばれ、自分の意思に関係なく、いきなりこの世界に連れてこられたのだと知りました」

「……」

「私なら、家族と離れる悲しみに耐えられません。だけど、記憶の中のあなたは楽しそうにしていた。だからこそ、幼かった私は、あなたが兄と仲良くする姿に嫉妬(しっと)して、あんな行動に走ってしまったのです。許して下さい」

これで十年間の彼女の胸のつかえがとれるのなら、この謝罪を受け入れよう。

だがその前に、言うべきことがある。

「悲しくなんてなかったよ。エドワードと親しくなれたし、皆が優しくしてくれた。自分でも驚くほど、こっちの生活に馴染(なじ)んでいたと思うの」

そして、再び戻ってきた私。不思議なことに、元の世界に帰りたいとは、以前ほど感じていない。

「だからね、カルディナ、この話はこれでおしまいね」

「リカ様……」

「あなたの謝罪を受け入れます。今後は仲良くして下さい」

そう言って、すっと手を差し出した。

「十年ぶりに来たせいで、この世界の勝手がわからなくて！　いろいろ教えてほしいから、よろしくお願いします」

カルディナがおずおずと私の手に触れる。その手を逃がさないとばかりに、ギュッと握りしめた。

「私のことは『リカ』と呼んで。固い言葉遣いは、お互いなしにしましょう」

おどけて笑えば、ようやくカルディナもぎこちないながらも笑みを浮かべた。

そこで、扉がノックされる。しばらくして顔を出したのはエドワードだった。

「リカ、終わったかい？」

問いかけにうなずくと、カルディナが声をかけてきた。

「今度は、紅茶でも一緒に飲みましょう。お誘いするわ」

嬉しいお誘いを受け、笑顔で答える。

「ええ、ぜひ」

十年ぶりに会ったカルディナとは仲良くなれそう。素敵な予感を覚えながら、私は部屋を出た。

それから夜になるまでは、時間があっと言う間に過ぎた。

エドワードはずっと側にいて、世話を焼いてくれた。湯を浴びて一人になると、疲れがどっと押し寄せてきた。

以前使っていた部屋に戻り、少しだけ窓を開ける。そして部屋の中央にあった椅子を移動させ、そこに腰かけて窓から入ってくる風に当たった。

ちょっと肌寒く感じるのは、気温が下がってきたからだろう。

ぼんやりとこれまでの状況を振り返る。

いきなり目の前で消えちゃって、林さんは驚いただろうな。それにしても、あの時、体に走った電流はなんだったのか。不思議に思いつつ首から下げたネックレスをそっと手にすると、トップについている指輪が揺れた。

林さんがこの指輪に触れた次の瞬間に、私はこの世界に戻ってきた。今頃、あっちの世界はどうなっているのかしら？　大騒ぎになっているかもしれない。

あれこれ考えていると、扉がノックされた。返事をしたところ、侍女が部屋に入ってくる。

「お迎えにまいりました」

そう言うやいなや、彼女は私をどこかへ案内しようとする。私は慌てて寝衣の上にガウンを羽織(はお)り、侍女のあとをついていく。

広い廊下を進み、どこか懐かしい一室の前で侍女は立ち止まった。

「ここでお休み下さい」

侍女に案内されたのは、以前私が使っていた寝室だ。この部屋でエドワードとカードゲームをしたり、夜遅くなるまで話をしたりしてから、眠りについていたっけ。

「ありがとう」

案内役の侍女にお礼を言い、扉に手をかけた。

ゆっくりと足を踏み入れてすぐ、この部屋も、家具の配置や調度品などのすべてが変わっていないと感じる。ベッド脇のランプに明かりがともっているけれど、薄暗い。

静かに歩みを進めたところ、人の気配に気づいて足を止めた。誰かいるの？

ベッドに腰かけていたその人物は、ふらりと立ち上がる。あのシルエットはもしかして……

「エドワード？」

「リカ」

私に向かって歩いてくる彼も湯を浴びたあとらしく、髪が少し濡れている。首筋にはりついた髪が、異様な色気を醸し出していた。

「髪が濡れているわ」

「ああ、これ？」

指先で自分の前髪を摘んだあと、エドワードは少し笑った。

「早くリカに会いたくて、慌てていたせいかな」

赤面しちゃいそうな台詞をサラッと口にする彼に、私の方が動揺してしまう。

「それより、こっちに来て」

なんでもない風に手招きする彼を見て、はたと気づく。

もしかして……。もしかしてだけど……

この部屋でエドワードと一緒に眠れというの!?　幼い頃と同じように!?

いやいや、それはダメでしょう！

「リカ」

気づいてしまった私は、動揺せずにはいられない。だが、エドワードは気にした様子もなく微笑み、私が側に寄るのを待っている。

どうしよう、呼ばれているのに足が動かない。

幼い頃に一緒に寝たのは、相手が子供だったからで、今の私とエドワードでは、どうしても想像がいやらしい方へいってしまう。だからこそ、近寄ってもいいものなのか躊躇していた。

するとエドワードはクスリと笑う。

「そんなに緊張しないでほしい。そうだ、あれをしようか?」

そう提案してきたエドワードはベッドへ戻り、脇にあったチェストに手をかけた。その引き出しを開けると、中からなにかを取り出す。

「これだよ、覚えている?」

得意気な顔をした彼が差し出してきたのは、カードだった。すぐさま当時の記憶が蘇(よみがえ)る。

「うん、やろう!」

何度も勝負したあの頃を思い出すと、迷いなど消えた。きっと彼は私の緊張を肌で感じ取ったのだ。それで和(なご)ませようとしてくれているのだろう。私だけ意識してしまって、恥ずかしい。そう思い直し、ベッドへ近寄った。

ベッドに上がり、フカフカの気持ちよい素材を感じながら座る。やる気になった私を見たエドワードも嬉しそうに微笑むと、ベッドに上がった。そうして二人向かい合わせになる。

「カードは私が配るわ」

あの頃のように慣れた手つきでカードをシャッフルしていると、エドワードが期待をこめた目で見つめる。ワクワクした顔をするのは、幼い頃と変わっていないのね。

だけどあの頃とは違い、少しだけ緊張している私。

お願いだから、そんなに見つめないで。手元が狂っちゃうじゃない。

そう口にしたいけれど、意識していると知られるのは嫌なので、平静を装ってカードを配る。

「じゃあ、手加減なしだからね」

そう言っておどけてみせれば、エドワードは長い指でカードをめくりはじめた。ゲーム開始だ。

こうして私たちは、しばし勝負に熱くなった。やがて私は、最後に手元に残ったカードを見て、思わず声を上げる。

「嫌だ、負けちゃったじゃない！」

そう、私の手に残ったのは、負けを示すカード。これを最後まで持っていた人が敗者なのだ。

「悔しい！　もう一度するからね」

「いいよ、リカ。何度でも相手をするよ」

余裕の微笑みを浮かべたエドワードが、カードをシャッフルしはじめた。つい、彼の手元を眺める。長い指と、骨ばった手の甲。いつの間にか、手もこんなに大きくなったんだな。ううん、手だけじゃない。そう思いつつ、彼の指先から上へ、ゆっくりと視線を滑らせる。

逞しい腕に厚い胸板、そして太い首に張り出した喉仏。精悍な顔つきは、昔の面影を残しているけれど、だいぶイメージが違う。

だがスカイブルーの瞳は、幼い頃と変わっていない。あの頃と同じ、優しい輝きで私を見つめてくれる。

「リカ?」

じっと観察されていたことに気づいたエドワードが、不思議そうに聞いてきた。その声も、記憶の中にある彼の声よりずっと低い。

見た目は変わったけれど、彼は彼なのだ。そう思い直した私は声を張り上げた。

「よし、今度は負けないからね!」

宣言する私を見て、エドワードは声を出して笑う。

結局、その後は連敗した。もう何連敗したのかわからないほどだ。

「悔しい〜!」

素直に気持ちを吐き出せば、エドワードが笑って告げる。

「リカはすぐに顔に出るから、わかりやすいよ」

「うそ!?　そんなに顔に出ていた？」

「うん、自分に都合のいいカードだと笑みを浮かべて、悪いカードだと眉間に皺が寄る」

「えっ!?」

思わず顔を両手で隠してしまった。その様子に、エドワードは声を出して笑う。

「もう！　昔は負けたことなんてなかったのに」

そう、負け知らずの王者だったはずが、今晩は一度も勝っていない。私はエドワードを見つめながら、悔しくなって詰め寄った。

「リカ……」

名前を呼ばれた瞬間、心臓がドキッと跳ねる。楽しそうに笑っていたのから一変して、エドワードは緊張しているらしき面持ちで息を呑み、瞬きした。

お互いに手の届く距離にいる私たち。勝負に夢中になるあまり、こんなに近づいてしまった。

腕を取られ、静かに引き寄せられた私は、そのまま抱きしめられる。

「まだ夢を見ているみたいだ。リカがここにいるなんて」

ひとり言のようにつぶやいた彼は、私の両肩を掴んだ。そしてスカイブルーの瞳で、こちらを見つめる。私を射貫かんばかりの強い視線に、これからなにを伝えられるのだろうかと、身構えてしまう。

「お願いがあるんだ、リカ」

「……どんな？」

彼の真剣さと緊張が伝わって、身を固くした。

「この世界に、ずっといてほしい」

私が目を見開いたのを見たエドワードは、ばつの悪そうな表情を浮かべて謝罪する。

「ごめん。一方的に気持ちを押し付けて。リカにだって家族がいるのに」

両親には、そりゃ会いたいに決まっている。だけど、彼らは会えない場所にいるのだ。そのことを伝えようと思ったものの、話が暗くなってしまうかもしれない。迷っていると、エドワードが私に優しく微笑んだ。

「だが、戻ってきてくれてありがとう」

ギュッと力を込めて胸にかき抱かれ、エドワードの胸に耳がつく。鼓動が刻まれる速いリズムを、私はしばらく聞いていた。

「……エドワードは大きくなったね。それにしても、どうして私をそんなに好きだと言ってくれるの？」

召喚の花嫁と言っても、共に過ごした期間は一ケ月。そして、エドワードは今や、非のうちどころがないぐらいに逞しく、男として成長している。他にいくらでも相手がいるはずだ。

それなのに、なぜそんなに真っ直ぐな想いをぶつけることができるのだろう。

「最初に出会った時から、リカに惹かれている。初めてリカを見た時、こんなに綺麗な女性が自分の花嫁になってくれるのだから、一生守り抜くとアスランの神に誓った」

想いを吐き出すエドワード。脳裏に、幼い頃の彼の姿がちらつく。

「ちょっ、ちょっと待って」

私の心臓も速い鼓動を刻み出す。この高鳴りを気づかれてはいけない。彼の胸を手で押して、なんとか距離を保とうとした。

「リカ？」

「ごめん、まだ混乱している」

私が正直な気持ちを告げると、エドワードは微笑する。

「そうだよね。少し焦りすぎたみたいだ。――今日はお休み」

そう言うとエドワードはカードをまとめ、チェスト脇にしまい、ベッドから下りた。

「エドワードは、一緒に寝ないの？」

部屋から出ていこうとする彼の背中を見て、私は無意識に声をかけていた。振り返ったエドワードの困惑しているらしき顔を見て、我に返る。

わ、私ってば昔の癖で、つい声をかけてしまったけれど、なんて大胆なお誘い！

顔が熱くなるのが抑えられない。

「ち、違うの！　そういう意味じゃなくて」

動揺のあまり、両手を振って言い訳をする私に近づいたエドワードは、苦笑した。

「とても魅力的なお誘い、どうもありがとう」

そして私の頭をそっと撫でる。顔を上げると、徐々に彼の顔が近づいてきた。硬直したまま、思わず目を閉じると、額に柔らかな感触が落とされる。

それはほんの一瞬で離れた。

エドワードが近づくと、シトラスの香りがする。甘すぎないその香りを嗅ぐと、心が安らぎ不安な気持ちが薄れていきそうだ。

「だが、隣の部屋で眠るよ」

その答えを聞いて、ホッと安心したような、もっと話していたいような複雑な気持ちで曖昧に笑った。

その時、いきなり腕を取られてぐいと引かれ、耳元でささやかれる。

「私だって男なんだよ、リカ」

耳にエドワードの唇が少し触れた。その部分から熱を帯びて、どうしようもなく熱くなる。思わず耳たぶを手で押さえると、エドワードは柔らかな微笑みを浮かべた。

「じゃあ、お休み」

「お、お、お休みなさい」

そして部屋から出ていくエドワードを見送る。彼が完全に部屋からいなくなったことを確認したあと、私はベッドに倒れ込んだ。

な、な、なんて色気たっぷりに成長しているんだ、エドワード‼

幼い頃とのギャップに戸惑い、混乱してしまう。以前から、大きくなったらとんでもない美青年に成長するだろうと想像していたが、予想を裏切らなかった。いや、むしろ想像以上だ。

しかも年下だったエドワードは、今や二十一歳。私より二歳年上になった。

可愛らしかった顔立ちは、整った精悍(せいかん)な顔立ちに変貌(へんぼう)を遂げ、私を支える腕も長くて逞(たくま)しい。身長だってぐんと伸びて、私を優しく見下ろすほどになっている。

そんな彼が、さっき私にしたことを思い出すと、全身が火照(ほて)り、心臓が早鐘を打つ。私、どうしちゃったんだろう。相手はあのエドワードなのに。

「もう……。寝よう」

しばらく考えたあと、ひとり言をつぶやいた。そう、寝るしかない。眠るしかないのだ。

そっと瞼(まぶた)を下ろし、私はそのまま深い眠りに落ちた。

第四章　お披露目の舞踏会

それから三日後。私が少し落ち着いてきた頃、カルディナの部屋へ招待された。

こんなに早くお呼びがかかって嬉しい。ちょっと緊張しながら彼女の部屋を訪ねたところ、快く招き入れてくれた。

白を基調とした部屋は、一歩足を踏み入れると、とてもいい香りがした。

大きな窓から光が差し込んで明るく、備え付けられたレースのカーテンは風にそよいでいる。ラタンを編み込んだ可憐な白いソファに、レースで縁取られたクッション、花の形をしたランプ。ラグや棚など、インテリアのすべてが可愛らしかった。素敵な部屋だったのではしたなくも見回していたら、カルディナが照れたように言う。

「子供っぽい趣味で恥ずかしいわ」

「そんなことはないわよ。すごく素敵なお部屋」

そう言って顔を見合わせて笑うと、ソファを勧められたので、遠慮なく腰かけた。

「どうぞ、召し上がって」

「ありがとう」

紅茶と焼き菓子をいただきながら、カルディナの話に相づちを打つ。

「本当にリカが戻ってきてくれてよかった。なにより、お兄様の喜びようったら、すごいわ」

呆れたようにため息を吐いたあと、カルディナは少し笑った。

「リカはお兄様をどう思っているの？」

「えっ⁉」

唐突な質問に、瞬きで返す。

「どうかしら、うちのお兄様は？　妹の私が言うのもなんだけど、一途だし、そう悪くないと思うのよ」

「えっ、えっ……」

昔は反対していたのに、こうも推されては反応に困ってしまう。私の表情を見たカルディナは、戸惑っているのを察したようだ。

「ごめんなさいね、いきなり……。召喚の花嫁がいなくなってこの十年、周囲の皆がお兄様に他の花嫁を勧めたのよ。だけどお兄様は頑として首を縦に振らなかった。それだけに、あなたが戻ってきたことが、お兄様は嬉しくて仕方ないのだと思うの」

そこで紅茶を一口飲んだカルディナは、ぽつりとつぶやいた。

「あきらめなければ、想いは叶うのかもしれない。そう思ったわ。だから私も頑張ってみようかしら」

どこか痛みに耐えるように、小さく息を吐き出したカルディナ。もしかして……

「好きな人がいるの？」

「いっ、いやね!! リカってば、なにを言ってるの!?」

しおらしい様子から豹変したカルディナに肩を叩かれた、痛い。思わず肩をさすってしまう。

だけど、この様子では図星だろうな。

「それは私の知っている人なの？」

私の知人は限られているが、カマをかけてみると、カルディナの顔がボッと赤くなった。

「さ、さあ？　どうだと思う？」

どうやらカルディナは嘘がつけない性格らしい。目が泳いでいる。

「じゃあ、ヒントをちょうだい」

「とても男らしくて勇敢で、背が高くて高い鼻筋に、涼しげな目元。引き締まった唇も魅力的よ。大きな手の割に指先が器用で、繊細な物も作れるの。そして花や小さい動物をこよなく愛する、優しい心を持った方だわ。物事に余裕がある大人の男性だけど、笑うと可愛くて、女性なら惹かれずにいられない素敵な方で……」

キラキラと瞳を輝かせて語るカルディナは、その相手をとても好きなのだろう。ここで止めなければ、いつまでも続きそうだ。

「告白はしないの？」

そう問えば、彼女は静かに首を横に振った。

「それが、私は全然相手にされないのよ。もう、半分あきらめていたの」

悲しそうにつぶやいたカルディナ。美しく成長した彼女の好意を断る男性など、はたしているのだろうか。

「そんなことないわよ。今のあなたをふる人なんていないと思うわ」

「でも……」

「なにをそんなに悩むの？　カルディナほど綺麗な人が最初からあきらめるなんて、もったいないわ。悩むより、ぶつかってみてはどうかしら？」

ビシッと言い放つと、カルディナは弾かれたように背筋を伸ばした。

「そう、そうよね。このまま悩んでいても時間が過ぎるだけだわ」

「そうそう、ダメならその時考える！」

「なんだか勇気が出てきたかも」

そう言ったカルディナの顔には、決意が満ちあふれている。

「私もお兄様を見習って、あきらめなければ叶うを信念に、頑張ってみるわ」

そこからはカルディナと、恋愛の話で盛り上がった。楽しくて、十年のブランクは感じなかった。同性で、同年代になったからかな？　こんな会話もすごく自然にできる。

「盛り上がっているね」

私の背後から、エドワードの声がかかった。それを聞いてドキッとして振り返る。

「楽しそうな声が廊下まで響いていたよ。どんな話をしていたの？」

「お兄様。今は『女同士の話』をしていたのですわ」

内緒だと微笑んだカルディナに、エドワードは肩をすくめた。

「それはとても気になるな」

そう言って微笑んだエドワードは、扉の外に視線を投げる。

「そうだ、カルディナ。約束をしていたのだろう？　その相手とばったり出くわしたから、ここまで案内してきた」

「まあ、お兄様。それを早く言って下さいな」

急いで扉まで向かったカルディナは、誰かを部屋へと招き入れた。姿を現した人物を見て、懐かしくて顔がほころぶ。

「シンシアじゃない！」

「ごぶさたしております、リカ様」

私が叫ぶと同時に、シンシアはスカートの裾を持ち、ちょこんと頭を下げた。

顔を上げたシンシアを見て、その美しさに見とれてしまう。白い肌はまるで陶器(とうき)のようにすべすべとしていて、透明感がある。ストレートの黒髪は艶(つや)を放ち、天使の輪が輝いていた。私と同じ黒髪だというのに、なんたる差。シンシアの黒い瞳は魅力的で、小さな赤い唇もつやつやとしている。微笑まれたのならば、視線が釘付けになるだろう。

「召喚の花嫁がお戻りになられるとは、大変喜ばしいことですわ。これでこの国もますます安泰でしょう。それに舞踏会のご招待も受けました。ありがとうございます」

「舞踏会？」

シンシアの丁寧な挨拶(あいさつ)の中の言葉が引っかかり、思わず聞き返す。

「もちろん召喚の花嫁として、そこで正式にお披露目(ひろめ)されるのですわ」

戸惑いながらもそう伝えてくれたシンシアの発言に、私は目をひん剥(む)いた。

「えっ、嘘!?」

驚いているとエドワードが口を挟む。

「リカが帰ってきた初日に、父が伝えたはずだが」

それを聞き、はたと思い出す。そう言えば王と対面した時、そんなことを言っていたような。だけど、まだまだ先の話だと思っていた。

「それって何日後？」

「十日後ですわ」

教えてくれたシンシアに、叫ぶ私。

「無理だよ！　行儀作法とかマナーがわからない！」

「リカ、私にお任せあれ！」

その時、名乗りを上げたのはカルディナだった。

「まだ十日もあるのよ。もう十日しかないと言ってあきらめるのは、早いわ」

「で、でも……」

「先ほどリカから学んだばかりよ。『あきらめない』と！」

しまった、カルディナの熱血に火をつけてしまったらしい。

「で、でもね――」

「大丈夫よ！　マナーは今後も必要だから、この機会にみっちり教えるわ。ねえ、シンシア？」

カルディナがシンシアに同意を求めれば、彼女は優しく微笑んだ。

「ええ。私でよろしければお手伝いさせて下さい」

えええええー。

「この二人がついていれば頼もしいけれど、あまり無理はしないでほしい」

そう言って心配そうに私の顔を見つめるエドワードだけど、私の失敗はそのまま彼の評価に繋(つな)がるのだ。そう考えたら、途端に怖くなった。

でも、意を決して前を見つめた私は、息を呑み口を開く。

「私、やるわ。時間がないけど、最低限でもできるように頑張る」

そこで、カルディナとシンシアに向き合った。

「よろしくお願いします」

頭を下げると、カルディナが張り切った声を出す。

「ふふふ。なんだか楽しくなってきたわね！」

カルディナは、やる気に満ちた表情で目を輝かせていた。

「さて、お茶の時間はおしまい！　午後からレッスンに入りましょう」

「えっ……！　まさか今日から!?」

「なにを言っているの！　やると宣言したのはリカでしょう？」

それはそうだけど、もうすでに、宣言を撤回したい。

「いや、あの、お手柔らかに、優しくしてほしいかなって……」

そう言って尻込みする私を見て、カルディナは美しい顔に両手を添えて微笑んだ。

「なんだか、わくわくしてきたわ！　リカが来てから退屈だった毎日が楽しくなりそうで嬉しい」

まさか私は暇つぶしの相手⁉　思わずそう聞きたくなった。

だが、頑張らないといけない。教えてくれる人に、感謝するべきだ。

「精一杯頑張ります」

姿勢を正して再度お願いする私に、エドワードが柔らかい笑顔を向けていた。

それからは毎日みっちりと、カルディナとシンシアのレッスンを受けた。姿勢を正して真っ直ぐに歩く練習や、礼儀作法、質問された際の上手な受け答え、品のある微笑み方など、そんな細かいところまで？　と感じるほど。

だが、カルディナとシンシアの二人は、指導してくれるだけあって、完璧にできている。やはり育った環境が違うのだと感じた。

顎を引き、前を向いて歩く練習で部屋中を歩き回ってぐったりした私に、カルディナが手を叩いた。

「なんとか形にはなったと思うわ」

「本当!?」

その一言で嬉しくなってしまう。

「まだまだ教えたいことはたくさんあるけど、まずはここまでかしら」

「リカ様はすごく頑張りましたわ。努力家ですのね」

シンシアも優しく微笑んで、褒めてくれた。

「明日は舞踏会当日よ。早めに就寝して、お肌の調子を整えておくといいわ」

そう言ったカルディナは引き出しを開け、なにかを取り出した。なんだろう、小瓶みたいだ。

不思議に思って見ていると、彼女はそれを私に差し出した。

「これは花の香油よ。数滴垂らした湯につかってマッサージをすると、翌日は肌の調子がとてもいいの。だからぜひ使ってみて」

「ありがとう」

お礼を言って小瓶を受け取る。今夜、早速使ってみよう。

夜になり、湯がいっぱいに張られた湯船に香油を垂らした。お湯は香油が交じると白濁色に変わった。

「ああ、いい香り」

湯船に浸かり、目を閉じる。甘い花に包まれているようで、リラックスできた。そしていつもより長めに湯に浸かりながら、足などを丁寧にマッサージしていく。

こうして温まったあと、寝室へ向かうと、エドワードがベッドに横になっていた。

再トリップした日から、私は眠る前にエドワードと話をするのが日課になった。さすがに同じベッドで眠るわけではない。しばらく話をしたあと、エドワードは別室で眠る。

ベッドへ近づくと、エドワードは目を閉じていた。もしかして眠っているのかしら？

彼の側にそっと腰かけて、顔をのぞき込む。

相手が眠っているのをいいことに、そのまま、まじまじと見つめた。

長いまつ毛は髪の色と同じ、金色だ。まつ毛だけじゃない、眉毛も同じ色をしている。スッと高い鼻筋に薄い唇。寝顔でさえ、色気が漂っていた。その様子にも、彼が成長したことをしみじみと感じてしまう。

ここで眠っているのは、幼い頃のエドワードじゃない。大人になったエドワードだ。十年……。私が認識していたのは四ケ月だけど、エドワードにとっては十年だった。

その間、どんな気持ちだったの？　それになぜ、私のことを待っていたの？

再会してから、真っ直ぐに気持ちをぶつけてくる彼に、正直戸惑っている。だって、エドワードぐらいの男性なら、言い寄ってくる女性は大勢いるだろう。離れていた十年で、恋人はできなかったのかしら？

そう思った途端、胸がチクリと痛んだ。だけど、私には口を出す権利などないと、すぐに思い直す。

最初は、エドワードに素敵な女性が現れるまで彼を見守ろうという保護者的な感覚だった。だけど、今目の前にいるのは逞(たくま)しく成長した男性。

私は、どうすればいいのだろうか――

じっと寝顔を見つめていると、彼のまつ毛がぴくぴくと動いた。

あ、そろそろ起きるかもしれない。

「エ……――!?」

彼の名前を呼ぼうとした時、急に腕を掴まれた。そのまま引き寄せられ、横になっているエドワードの胸に飛び込んでしまう。

「リカ……」

やけに艶(つや)っぽい声が耳元で聞こえ、鼓動が一気に速くなる。彼は私の背中に腕を回し、ギュッと抱きしめた。

すぐ近くに感じる体温に、動揺しながらも冷静に対処を試みる。

「寝ぼけているでしょう？　しっかりして」

だが、声が裏返ってしまった。私の焦った声を聞いたエドワードが、クスリと笑う。

「すごくいい匂いがする……」

彼はそのまま私の首筋に鼻先をつけ、唇でなぞった。体が震えるのと同時に、このままではいけないと判断する。

とにかく寝ぼけたエドワードを覚醒させなくてはならない。私は声を張り上げた。

「エドワード、起きて!!」

強い口調だったおかげか、体を拘束する腕が緩んだ。今がチャンスだとばかりに、彼の胸を叩く。

「もう、寝ぼけているから！」

そこでようやっと、エドワードは目を薄く開いた。スカイブルーの目は、最初こそ焦点が定まらない様子だったが、すぐさま見開かれる。

本当、私のことを抱き枕かなにかと勘違いしていたんじゃないの？　それとも他の女性には、こんな風に抱き付いたりしているのかしら？　そう考えると、再び胸がざわめいた。

いけない、こんなことを考えたって仕方がないと、自分に言い聞かせたばかりなのに。

「とりあえず、離してちょうだい」

動揺しながらも、なんとか冷静な声を出した。エドワードはすぐさま離すかと思いきや、なかなか動いてくれない。

「もう少しこのままでは嫌？」

そう聞いてくるものだから、驚いて言葉が出なかった。

「だって、なんだか懐かしいと思わないかい？　昔はよくこうやって眠っていたよね」

いや、だって、あれはあなたが子供だったからでしょう。今は事情が違う。だけど口にするのはやめた。変に意識していることがばれたら恥ずかしい。

「リカは小さいね」

髪を撫でられながら、ささやかれた声に反論する。

「そうかしら？　エドワードが大きくなりすぎたのよ」

私たちが並ぶと、エドワードの方が頭一つ分高い。彼はクスリと笑い、腕にギュッと力を込めた。

「ずっとリカより大きくなりたいと願っていた。だがまさか、年齢まで追い越してしまうなんて夢のようだ」

「時間の流れが同じだったのなら、私は二十九歳になっていたわね」

二十九歳の自分を想像していると視線を感じたので、顔を上げる。急に真面目な表情になったエドワードは、私を見つめつつ口を開いた。

「それでもいいと思っていた。リカに再び会えるのなら」

「エドワード？」

「十九歳だろうが二十九歳のリカだろうが、気持ちは変わらないよ。ただ、会えて嬉しい」

本当に赤面ものの台詞（せりふ）を平気で口にするのだから、反応に困る。落ち着かなくなった私は、視線をさまよわせる。そんな私を見たエドワードは静かに笑うと、話題を変えた。

「今日はなにを習ったの？」

「えっとね、『優雅に見える微笑み』に『舞踏会での基本的マナー』よ」

エドワードはじっとこちらを見つめた。なにか言いたげな空気を察して、私は口を開く。

「どうしたの？」

エドワードは私を包んでいた腕をそっと外すと、頬杖をついた。そして片手を伸ばして、私の頬に触れる。

「リカは辛くない？」

彼の指先が私の頬をそっと滑った。

「え、どうして？」

思わず聞き返してしまう。

「忙しそうにしているけれど、辛い思いを隠しているのじゃないかと時折、心配になる」

私を気遣う視線と仕草。彼の優しさを感じ取り、首を横に振った。

「大丈夫よ。カルディナもシンシアも熱心に指導してくれるし、いろいろと話せて私も嬉しいの。舞踏会では恥ずかしい思いをしたくないから頑張るわ」

それに今は忙しい方がいい。余計なことを考えずに済むから。

「――シンシアは優しい？」

エドワードの声が少しだけ低くなった。まるでなにか探りを入れているような声色を不思議に思いながら答える。

「ええ、とても優しいわ」

「……そう、それならよかった」

静かに息を吐き出したエドワードは、すぐに笑顔を向けてきた。

「でも無理はしないでほしい。頑張りすぎて倒れてしまうと心配だから」

「ありがとう。無理はしてないから、安心して」

そう告げると、彼は安堵したみたいに微笑んだ。

静かな夜、こうやって横になっていると、すぐに眠気が襲ってくる。やはり日中忙しく動き回ったため、疲れているのだろう。瞼が落ちそうになる。

「リカ、眠たいんだね」

「ん、少し」

隣にいるエドワードの体温が、温かい。

「眠るといいよ」

頭をそっと撫でられ、思わず笑ってしまう。

「昔は、エドワードが寝付けない夜は私の方が頭を撫でていたわよね」

「覚えているよ。今日はリカが寝付くまで、側にいさせてほしい」

なぜわざわざ頼み込んでくるのだろう。律儀な彼に静かに微笑み返すと、私はそのまま目を瞑る。薄れゆく意識の中で、私の頭をそっと撫でる手つきの優しさを感じていた。

「……ある意味、拷問だ」

ポツリとつぶやいた声が聞こえたけれど、その意味を考える前に、深い眠りへ落ちていった。

そして迎えた舞踏会当日。

早朝から、城全体が慌ただしい雰囲気に包まれている。

そんな中、私も自分自身を磨き上げるために格闘していた。

数名の侍女に手伝ってもらい、コルセットで締め上げたあとは、たくさんのチュールを重ねた上質なドレスに袖を通す。透き通るような素材感のオーガンジーのドレスは、しなやかで優美だ。ウエストについている大ぶりのコサージュがポイントとなり、バックスタイルを華やかに演出していた。

顎（あご）のラインをすっきりと見せるため、髪はまとめてアップにしている。

「イヤリングとネックレスはどれにいたしますか？」

そう聞いてきた侍女が開く宝石箱には、十種類ものイヤリングとネックレスがズラリと並ぶ。どれも素敵なデザインで、とても高そうだ。この中から選べと言われても、困ってしまう。

迷った挙句（あげく）、小さな青い宝石のついたイヤリングを選んだ。エドワードの瞳の色と一緒だと思ったら、自然に指さしていた。

「ネックレスはどうしますか？　イヤリングとお揃いにしますか？」

勧められたのは、豪華な青い宝石が一粒ついたネックレス。

金の縁取りや宝石のきらめきで、胸元を明るく照らしてくれそうなデザインだ。確かにお揃いも可愛いと思う。

だけど、私はしばらく悩んでようやく決めた。

「ネックレスはこのままでお願いします」

首から下げている指輪のネックレスを、そのまま付けていくことにした。ずっと付けているので、この方がしっくりくる。

イヤリングを付けてもらい、鏡の前で全身チェックしていると、扉がノックされた。

侍女に迎えられ、部屋に入ってきたのはエドワードだった。彼は私を見るなり口を開く。

「リカ、とても素敵だ」

そう言って瞳を輝かせているエドワードこそ、完璧な姿だった。

高い身長にすらりとした手足。細身なのに厚い胸板は、完全にモデル体形だ。

小顔で、くっきりとした二重に印象的なスカイブルーの瞳、光輝く、癖のないブロンド。

白い上質そうなブラウスに、黒いベストにタイ、羽織っている漆黒の上着も、とても似合っていた。全身から漂う高貴さは、エドワードならではだろう。

すごく素敵で、隣に並ぶのは気後れする。だって、どう考えても私では不釣り合いだ。

そもそも私なんて、召喚されなかったら、彼と知り合うことすらなかった。

そう考えると胸にグッと迫るものがある。

だけど、ここまで来たら逃げられない。私のお披露目だというのなら、ちゃんと出席しなくては。

「行こうか」

差し出されたエドワードの腕にそっと手を添えると、彼は満足気に微笑んだ。

広間が近づくにつれ、音楽が聞こえてくる。

そこで、緊張がピークに達した。この期に及んで怖気づき、足がピタリと止まってしまう。

「リカ？」

エドワードは心配そうに私の顔をのぞき込んでくる。

「エドワード。……少し怖いわ」

広間にいる人々は、私をどう評価するだろうか。エドワードの評価にも繋がるはずだと思うと、それが怖い。

そもそも私は、人前に出ることが得意ではないのだ。なにか失敗をしてしまったら、どうしよう。

「大丈夫」

エドワードは優しく微笑むと、私の手をギュッと握りしめた。真っ直ぐにこちらを見る視線と、力強い感触に胸がドキリと跳ねる。

「とても綺麗だから、自信を持って」

そして再び差し出された彼の腕に、手を添えた。

広間へ続く重厚な扉の前で、足を止めて深呼吸をする。

「行こう。リカは側にいるだけでいい。その代わり、手を離さないで」

その言葉が、胸にスッと落ちてきた。私は一人じゃない、隣にエドワードがいてくれるんだ。そう思うと、嘘のように心が軽くなった。そうよ、せっかくの場で、不安そうな顔を見せてはいけない。堂々と前を向こう。

顔を上げ、私を見つめる彼に微笑んでみせた。

それが合図だと受け止めたのか、エドワードは扉の側にいた従者に視線を投げる。重い扉が従者の手によって開かれた瞬間、まぶしく華やかな世界が視界に飛び込んできた。

高い天井、きらめくクリスタルのシャンデリア。大理石の床は、その光を反射して輝いている。

きらびやかなドレスを着て、まばゆい宝石を飾った淑女(しゅくじょ)たちや、漆黒のテイルコートを着こなした紳士たちが大勢いた。

私は内心の動揺を隠して隣を歩くエドワードの腕につかまり、前だけ向いて歩く。

緊張で足が震えるけれど、手に感じる温(ぬく)もりには安心できる。

大丈夫、側にエドワードがいるから。そう自分自身に言い聞かせ、一歩一歩足を進める。

やがて広間の奥の、一段高い王座に辿り着いた。

「おお、来たな。待ちわびたぞ」

そこに座っていた王は私たちの姿を見ると、手にしていたグラスを掲(かか)げた。エドワードは穏やかに微笑んで、会釈(えしゃく)を返す。私は一歩後ろに下がり、彼らの様子を見守った。

すると、王が立ち上がる。それと同時に、流れていた音楽が止まり、一瞬にして広間にいる皆の注目が集まった。王は周囲を見渡し、声を張り上げる。

「すでに集まっている皆には周知の事実だとは思うが、召喚の花嫁が現れた！」

王の声は、広間の隅(すみ)まで響きそうだ。

「古い書物の記述によると、二百年ぶりに召喚された花嫁だ。この成功は、神アスランの御心である。神の権威(けんい)と王家が合わさることにより、我が国の安泰と幸福は約束された！」

わっと歓声が上がる。

その時、エドワードが私に、前に進むように目で合図をした。言われるがまま少し前に出て、エドワードと並んだ。

「私自身、召喚の儀が成功したことの喜びを噛みしめている。皆でこの時を祝おうではないか！　我が国に、神アスランの祝福が続くよう！」

エドワードが声を発すると、広間を包む熱気は最高潮に達した。

広間が震えそうなほどの大歓声で、耳が痛くなるくらいだ。

「今宵は、皆も楽しんでくれ」

王がそう締めくくると、楽師たちは再び音楽を奏でた。広間に集まった人々は、それぞれ談笑をはじめる。

「ふー、やれやれ」

王が疲れたような声を出し、椅子へ腰かけた。

「まあ、気楽にしてくれ」

そう言って隣の椅子を勧められたので、私も遠慮がちに腰かけた。

王は微笑むと、隣に立つエドワードへ視線を向ける。

「エドワードは、面倒な面子へ先に挨拶をしておいた方がいいだろう」

それで話が通じたらしいエドワードは、静かにうなずいた。

離れることに不安を感じているのが顔に出てしまったらしく、エドワードは優しく微笑みかけてくれた。

「少し側を離れるけど、すぐに戻ってくるから」

そう言った彼は、名残惜しそうに広間の喧騒へと足を向けた。

エドワードはちょっと歩いただけで、あっという間に人に囲まれていた。きっと、誰との会話もそつなくこなすのだろうな。

そう思いつつ彼の後ろ姿を見送っていると、王が苦笑する。

「すぐに戻ってくるから大丈夫だ」

その声を聞き、ハッと我に返った。そんなに心細そうな顔をしていたのかな。

王は微笑すると、私の方に向き直った。

「面倒な挨拶はあの子に任せて、楽にするといい。その間に一つ、聞きたいことがある」

「はい」

思わず姿勢を正す。私に聞きたいことがあったので、エドワードを一人で行かせたのかもしれない。

「君は十年前、エドワードの花嫁になることは保留にしたいと、そう言ったね？」

唐突に昔話がはじまった。答えあぐねていたところ、王が言葉を続ける。

「今の気持ちはどうだい？　今の息子は君から見て、少しは異性として意識してもらえるだろうか」

「それは……」

直球の質問をされて、ぐっと言葉に詰まる。だが、私の表情の変化からなにかを読み取ったらしく、王は口の端にニヤリと笑みを浮かべた。

「十年前は初対面の君に、無理を言った自覚がある。戸惑う君のことを考えず、婚礼の儀式を行うなど、強引だった」

王が急に笑みを引っ込め、反省するような声を出したので驚いてしまう。

「だから君がいきなり消えてしまったのだと、自分の行動を悔いていた。神が遣わした花嫁に無理強いした結果、アスランの怒りに触れてしまったのだろうかと思ったよ」

そこで王は、じっと私を見つめた。

「今後は気長に返答を待つし、君が決めたことに反対はしない」

優しい口調でそう宣言すると、王は視線を広間へ戻す。そこには、人々と談笑しているエドワードの姿があった。

「だが本音は、色よい返事を期待している。この国の王として、なによりエドワードの父親として」

王は、視線を再び私に向ける。

「さあ、この場を楽しむといい。それに先ほどから君に話しかけたくて、待っている人物がいる」

王の指さす方を見れば、王座の近くにたたずんでいるカルディナがいた。それに気づき彼女に歩み寄ると、彼女は花がほころぶような笑顔をみせる。

「リカ、とても綺麗よ」

カルディナはラベンダーカラーの、チュールレースを幾重(いくえ)にも重ねたデザインのドレスを着こなしていた。

「カルディナこそ、すごく綺麗」

しかし、どこか様子がおかしい。なんだかそわそわしていて、いつも落ち着いている彼女らしくない。いったい、どうしたのだろう。緊張しているというわけでもなさそうだ。

「あの、どうかしたの？」

「えっ……」

指摘すれば、彼女は慌てて目を伏せた。そして少しの沈黙のあと、こちらに顔を近づけてきて、そっとささやく。

「実は今日、いらしているのです」

その意味がよく理解できず、彼女の顔をのぞき込んだ。カルディナの頬は、ほんのりと赤く染まっている。

「あ！　もしかして!!」

「シッ！　声が大きいわ」

思わず叫んでしまい、カルディナにたしなめられた。

「彼が来ているの？」

きっと、カルディナの想い人が近くにいるのだ。いったい、どこにいるのだろう。彼女から話を聞くかぎり、清潔感(せいけつかん)あふれる好青年といったイメージだった。

「名前までは言えない。恥ずかしいわ」

ごまかすカルディナだけれども、嬉しそうだ。これは頃合いを見て、そのうちに聞き出そう。

「いつか教えてね」

そう言うと、カルディナはさらに頬をポッと染めて、恥ずかしそうにうなずいた。

こんなに美しい人に好かれる幸せな相手は誰なのか知りたくなって、私は周囲をきょろきょろと見回す。

すると、近くにクラウスの姿を見かけた。彼は誰かと話し込んでいるらしく、穏やかな表情を浮かべている。いつもは割と無表情だから、珍しいと思い、つい見てしまう。

その時、私の側にいるカルディナが、こっそり彼に視線を投げていることに気づいた。

ああ、なんだ！　そうだったのね！

人から鈍いと言われる私でも、直感が働いた。

クラウスはスラッとした長身で、仕草の一つ一つに品があって知的だ。物腰も柔らかく言葉遣いは丁寧だし、冷静で落ち着いている。手先だって器用そうだし、以前、カルディナが語ってくれた好きな相手の特徴と一致しているんじゃないかしら？

美男美女の組み合わせだし、きっとお似合いだ。カルディナはもっと自信を持って積極的にいけばいいのに。

カルディナは瞳を潤ませて頬を赤く染めている。きっとクラウスに見とれているのだ。

「熱くなってきたから、お水を飲んでくるわ」

しばらくすると、カルディナはそう言ってテーブルの方へ歩いていく。

その時、大きな話し声が聞こえてきた。どうやらクラウスが話し込んでいる相手の声みたいだ。

クラウスの前に立つ人物は、周囲より頭が一つほど高く、肩幅もガッシリしている。この全身筋肉質な男性は、クルド隊長だった。

じっと見つめていると、私の視線に気づいたらしく、クルド隊長もこちらに顔を向ける。彼は驚いたように口を少し開けて、クラウスと共に私のもとまでやってきた。

「リカ様、あの日は部下が失礼をしました。上司である自分の責任でもあります」

大きな声ではっきりと謝罪する彼は、かなり真面目なのかもしれない。

「そんな、得体のしれない人間を怪しむのは当たり前ですよ。彼はそれが仕事ですから仕方ないと思っています。ですから、罰とかは与えないで下さいね。私もクルド副隊長とお呼びしてしまったし、お互いさまということにしましょう」

そう伝えると、クルド隊長は大きな声を出して笑う。

「いや、そう言っていただけるとありがたい！　あいつは真面目すぎて、こうと思ったら突っ走る奴でして」

クルド隊長は、部下のことをよく見ているみたいだ。やたら声が大きくて迫力がある、筋肉の塊のような人だと思っていたけれど、細かい部分にも気づく人なのだと感心した。

そんなクルド隊長が口の端を愉快そうに上げる。

「しかし、リカ様が戻られて本当に驚きました。それに姿もお変わりなくて」

「私がいた場所とは時間の流れが違うらしく、私は十九歳のままです」

そう告げると、彼は大袈裟なぐらいに体を揺らした。

「こりゃ、たまげた！　……おっと、失礼しました」

思わず本音を漏らしたあとに、口を押さえたクルド隊長。クルド隊長は私より年上だから、私からは敬語の方が話しやすい。だが、クルド隊長には、かしこまって話されるより、こっちの口調の方がしっくりくるし、私も話しやすい。そう説明して改めて頼む。

「敬語など使わなくても大丈夫ですよ。その方が楽ですし」

それを聞いたクルド隊長は少しだけ眉を動かすと、顔をほころばせた。

「では、内々の場ではお言葉に甘えましょう」

「ええ」

すると、クルド隊長は腕を組んで、納得したようにうなずいた。

「時の流れが違うだなんて、不思議な話だ。俺が二十六歳の時、街へ護衛に行った日から歳をとってないと思ったのは、そのせいか！」

「えええええ!!　クルド隊長は……三十六歳なのですか!?」

驚いた、てっきり四十代かと勘違いしていた。無精髭に、彫りの深い強面な顔立ちで、年齢よりずっと上に見えたのだ。

「よく老けていると言われるが、三十六歳だ」

「そうなのですか。てっきりお子様が数人いらっしゃるかと……」

「ははは！　俺は独身だ、一人の生活を謳歌しているぞ！」

まずい。だが本人は特に気にした風でもないので、気分を害したわけではなさそうだ。

隣にいるクラウスがやんわりとフォローを入れる。

「隊長は優しいので、子供やお年寄りからは人気がありますね」

「そうなんだよな、若い女性にはさっぱりだが、婆さんからは好かれるんだな、不思議と」

そう言ったクルド隊長は、視線をクラウスに向けたあと、吠えた。

「反対にクラウス様は、女性から人気があって、うらやましい!!」

「いえ、そんなことはないですよ」

やんわりとかわすクラウスだけど、そりゃ女性が寄ってくるのもわかるわ。カルディナのライバルは多いかもしれないと、少し心配になる。

そしてひとしきり雑談を楽しんだあと、クルド隊長はふと思い出したように言い出した。

「さて、庭園で警備している奴らがサボっていないか、ちょっと確認してくる」

会釈をして、彼は広間の扉から外へ出ていく。そこで私も周囲を見回したところ、離れた場所でエドワードが女性に囲まれて話しているのに気づいた。綺麗な令嬢たちは、彼の隣に並んでも遜色ない。

楽しい話でもしているのか、穏やかな表情で対応しているエドワードと、頬を赤く染めている令嬢たち。

その時急に、エドワードが華やかな別世界に住む、すごく遠い人のように見えた。なぜ、こんな風に思ってしまうのだろう。

余計なことを考えてはいけない。彼には彼の付き合いがあるのだからと、首を横に振る。そして、近くにいるクラウスに話しかけた。

「この十年で皆さん、すっかり大人になったのね。私だけなにも変わっていないわ」

そう、幼い頃は私に懐いていて、たくさん頼ってくれたエドワード。だけど彼はもう、なんでも一人でできる年齢だ。

「この十年、エドワードはどんな風に過ごしたの？　教えてくれないかしら」

これを聞くのは、勇気がいることだった。

クラウスは静かにうなずくと、口を開く。

「場所を移動しますか？　ここは少し騒がしいので」

「ではバルコニーとか？」

広間と隣接する、バルコニーへ通じるガラス扉に視線を向ける。そこなら人が来なさそうだ。

私の提案にクラウスは苦笑を浮かべた。

「いえ、広間の隅に移動しましょう。あなたの姿が見えないと、エドワード様が心配なさいますので」

「えっ、そうかしら」

指摘されて驚いたものの、確かに二人きりでは怪しむ人だっているだろう。クラウスの冷静な対応に感謝だ。そして私は案内されるがまま、人混みから離れて壁際へ移動した。ここなら落ち着いて話すことができる。

壁を背にして二人で並び立つと、クラウスは口を開いた。

「今でこそ落ち着いて見えますが、リカ様を失った当時のエドワード様の落ち込みようは、見ていられないほどのものでした」

「そう……」

心の準備がない状態で、目の前で消えてしまったのだ。彼に与えたショックは計り知れない。

「泣きわめいて、部屋に引きこもる日が続きました。慌てて再度召喚の儀式を行ってみても、リカ様は現れない。そうこうするうちに、徐々に冷静になってきたのでしょう。ある日、エドワード様は『いつかまたリカに会う。その時のために、自分は今できることをする』と、こうおっしゃったのです」

彼なりに時間をかけて、悲しみを乗り越えたのだろう。悲しみの中でも前向きに考えることができるエドワードは、強い人だ。

「それからは泣き言を言わず、勉学に励み、この国の王子として立派に成長なされました。そんな時に、リカ様が戻ってこられたのです。エドワード様のお喜びは、想像するに余りあります」

吐き出された言葉を一つ一つ、噛みしめる。

私が戻ってくる保証などなかったのに、エドワードは待ち続けたのだ。それも自分自身を磨きながら。

「お二人が離れている間に、隣国との関係が危なくなった時もありました。ですが、それもエドワード様が交渉されて、現在の平和があるのです。たくさんの試練を乗り越えて、今のエドワード様がいらっしゃいます」

誇らしげに話すクラウスを、じっと見つめた。

隣国との交渉は、そう簡単ではなかったはずだ。それをやり遂げ、平和を守ったエドワードを、心の底から尊敬してしまう。

すると、急にクラウスが真面目な顔になり、口を開いた。

「エドワード様のお側に、ずっといてくれませんか？」

「それは……」

戸惑っていると、クラウスが言葉を続けた。

「すみません。出すぎたことを申しました。これを口にするのは、私の役目ではないですね」

クスリと笑ったクラウスは、広間へと真っ直ぐに視線を向ける。

私も広間の隅(すみ)から、エドワードを見つめた。華やかな彼はどこにいても目立つから、すぐにわかる。

今は、目の前にいる女性から挨拶(あいさつ)を受けたところらしく、微笑んでいる。その相手もまた、頬を染めて微笑していた。とても美しい女性だ。

その時、胸がチクリと痛む。

「そろそろ、ひと通りの挨拶(あいさつ)回りが終わる頃でしょうか」

クラウスがそう言うと同時に、エドワードが周囲に視線を巡らせた。誰かを探している様子にも見える。その姿をじっと見つめていたところ、彼と目が合った。

その瞬間、エドワードはまるで宝物を見つけたかのように頬をほころばせた。

「戻ってこられますね」

クラウスもそれに気づき、優しく微笑んだ。

「私の役目はここで終わりでしょう。では、リカ様、またのちほど」

そう言ったクラウスと交代する形で、エドワードが私の側に来た。

「待たせてしまってごめん」

「いえ、気にしないで」

そう答えると、彼はふわりと笑う。この優しい笑顔は幼い頃と変わっていない。

「リカを紹介する前に、挨拶をしてきた。今度は一緒に行こう」

そう言って差し伸べられた彼の手を取る。その時、足がもつれて転びそうになってしまった。

すると、手をギュッと掴まれる。とっさに腰へ腕が回され、強い力で支えられた。その反動で、私はエドワードの胸へ飛び込んだ。

シトラスの香りが、鼻腔をくすぐる。逞しい胸板は、私が倒れ込んだぐらいではびくともしない。広い肩幅や、私を見守る視線のすべてに包まれたようで、瞬時に体が熱くなる。

「大丈夫？」

私を心配する、昔とは違う低いトーンの声と、腰に感じる腕の太さ。

『こんな小さな手じゃ、リカに届かない』

『こんなに見上げてばかりいては、僕が守ってやれない』

そう言って、幼い頃のエドワードは泣いていた。だけど今では、背は私より高いし、手だって大きくて逞しい。

――大人の男性なんだ。幼い頃の彼じゃない。

ふいに実感して、戸惑う。

「あ、ありがとう」

心の整理がつかないまま、お礼を口にする。

「どういたしまして」

私の心など知らずに、エドワードは涼しい顔でニコリと笑う。

「リカは羽のように軽いね」

はわぁぁぁぁあ。

赤面ものの台詞をサラッと吐いたエドワードは、優しく微笑んでいる。だけど言われた側は、心臓がバクバクだ。

「あ、そ、そうでもないわよ」

思わず変な言葉を返すと、エドワードが耳元でささやく。

「そういえば、気になっていることがあるんだけど」

「な、なに？」

やばい、耳にかかる吐息を感じて声が震える。変に意識してしまって、体が硬くなってしまう。

「クラウスと、なにを話していたの？　盛り上がっていたよね」

「え？　クラウスとは……」

そこで言葉に詰まる。言えない、エドワードについて聞いていただなんて。

「それは、秘密の話？」

「秘密というか……」

当の本人を前にして口にできず、口ごもるのみ。

「妬（や）いてしまうな、クラウスに」

「えっ……」

そんな妬（や）くほどの関係じゃないと思うし、ただ話をしていただけだから！

慌てていると、エドワードがさらにささやいてきた。

「自分でも驚くほど心が狭いから」

そこで腰に回された腕にギュッと力が入る。私を拘束（こうそく）する手は緩（ゆる）む気配がない。

「リカ限定でね」

彼はそっと私の耳に触れ、音もなくイヤリングが揺れた。

「あの頃は幼すぎて、リカを支えるには力不足だったと思う。だが今は——」

息を呑むほどの熱い視線に絡め取られて、逸らすことができない。力強く低い声が、胸の中で広がっていくようだ。どうしよう、高鳴る胸が抑えられない。

「お兄様、リカ」

その時、遠慮がちに声をかけてきたカルディナに気づき、我に返った。

「二人の世界に入るのはいいのですが、ここでは皆の注目を浴びますわ」

恐る恐る周囲を窺うと、皆の視線が突き刺さっている。その瞬間、ポッと頬が熱くなった。思わずエドワードの胸元を押しやれば、彼は不服だと言わんばかりに唇を尖らせる。

「周囲など気にすることはないのに」

「私が気にするの!!」

子供みたいに少し頬を膨らませたエドワードは、完全に面白がっている様子だ。

「ちょっと、エドワード。私で遊ばないでちょうだい」

そうよ、こっちはいっぱいいっぱいなんだから！　それを見せないために大人ぶるのに、苦労しているというのに。

エドワードに余裕があって、私にはないなんて、どこか悔しいじゃない。

「遊んでいるつもりはないよ。ただ、リカが可愛くて」

そんな台詞をサラッと口にするものだから、余計、落ち着かなくなる。

なにを言っても相手が一段上にいる気がして、完敗した気分だ。

「さあ、挨拶に行こうか」

私の動揺もなんのその、エドワードは冷静だ。どうしてこんなに普通でいられるの？

「ええ、行きましょう」

わざと強気にふるまう私は、差し伸べられた彼の手を取ったのだった。


「これはこれは！　神アスランの選んだ召喚の花嫁が現れ、この国は安泰ですな！」

「本当にめでたいことで、エドワード様、頼みましたぞ！」

私はエドワードと連れ添って、この国の重鎮の人々へ挨拶に回っている。

困惑する私をよそに、周囲の人間は盛り上がっていた。

「昔から『召喚の花嫁はこの国に富と幸福をもたらす』と言い伝えられていますからな。我が国の安泰は約束されたも同然でしょう」

人々の言葉を聞いているうちに、胸の奥が苦しくなる。異世界から召喚されただけで、私にはなんの特技もないのだ。それなのに期待されていると知ると、プレッシャーを感じてしまう。

「リカ」

その時、エドワードが声をかけてきた。顔を上げれば、心配そうに私を見つめるスカイブルーの瞳と目が合った。

いけない、こんな暗い顔をしていては彼に心配をかけてしまう。めざとい彼のことだもの、気づくはず。

「それでエドワード様、式はいつ頃をお考えで？　国を挙げての一大イベントになるでしょうな」

そう質問されると、結婚という事実が、急に現実味を帯びてくる。

幼かった彼と神の前で誓ったことは、単に儀式だと割り切っていた。いつか彼にふさわしい女性が現れた時には、身を引こうとも思っていたのだ。

だけど、それは彼が子供だったからで、今とじゃ状況が違う。エドワードはもう大人だ。だからといって、本当に結婚するの？　私と彼が⁉

実感が湧かずに、表情が強張ってしまう。

「式は、当分先を考えている」

エドワードの言葉を聞き、周囲がどよめいた。

「お言葉ですが、それはなぜですか？　一刻も早く式を挙げ、人々の期待に応えて下さるものかと」

「そうそう。国民たちもこぞって祝福してくれることでしょう。祝いごとは早いうちがいい」

周囲が口々に諭すが、エドワードは静かに首を横に振る。

「いや、彼女には、もう少しこの国に慣れてほしいと思っている。心の準備も必要だ」

人々は顔に焦りの色を浮かべた。そんな彼らの表情を見て、エドワードは口を開く。

「それに、夫婦では味わえない、二人の時を楽しみたい」

静かに微笑んだエドワードに、周囲がそわそわして照れる。もちろん、私もだ。

「いい考えではないか」

その時、それまで黙って成り行きを見守っていた一人の男性が、そう言って両手を叩いた。

立派な顎髭に鋭い眼差しをしていて、洗礼された身のこなしの男性だ。彼が全身から放つ威圧感は、半端じゃなかった。

「エドワードと花嫁殿は長い間離れていたのだから、再会した今を楽しみたい気持ちもあるのだろう」

「叔父上」

そこで初めて、彼がエドワードの叔父さんだと理解した。

「ようこそ、召喚の花嫁殿。私はエドワードの叔父、フレデリックだ。この国へ召喚されたあなたを、皆が祝福している」

「あ、ありがとうございます」

「不便に感じることもあるだろうが、早く慣れるよう祈っておる」

それだけ伝えると、フレデリック様は口の端をニッと上げる。そしてエドワードの肩を拳で叩いた。

「では、頑張れよ、エドワード」

意味深な言葉を口にして、彼は取り巻きたちを引き連れて広間を移動した。

「フレデリック叔父は父の——王の右腕と言われている人物で、発言力もある。先ほどの発言は、式まではもう少し時間をくれるということだ」

「そうなの？」

「ああ、しっかりしていて、周囲からの信頼も厚い。私も頭が上がらなかったりする」

そうこうしている間にも、周囲に人が集まってきた。彼らとエドワードは、私には理解しがたい高度な話をはじめる。彼も付き合いがあって大変だ。

「カルディナを探してくるわ」

それを聞いたエドワードは、私を引き止めたそうな表情をしているけれども、気づかない振りをして笑顔で離れた。私にばかり構ってはいられないはずだ。たまには気を利かせなくては。

カルディナの姿は、すぐに視界に入った。なんと、彼女はクラウスと会話していたのだ。しかも頬を赤らめて、ややうつむいている。きっと照れて、彼を直視できないのだろう。クラウスの近くには、クルド隊長までいた。庭園の警備の見回りから帰ってきたらしい。手にしたワインをまるで水のように、ガバガバと飲んでいた。

一生懸命に話しているカルディナと、受け答えするクラウス。この空間を邪魔しちゃいけないわ。

ここでも私なりに気を利かせ、離れることにする。

広間をぐるっと見回すと、いろいろな人が視界に入る。そんな中、ふとシンシアの姿に気づいた。彼女は細身のドレスに身を包み、落ち着いた雰囲気で優雅に微笑みながら、一人の男性と話し込んでいた。相手はこちらに背を向けているので、顔までは確認できないが、白い服装に長髪の背の高い男性だ。

その姿を遠くから眺めたあと、喉（のど）を潤（うるお）そうと思い、テーブルに近づく。グラスを手に取り、人々の邪魔にならないように壁際まで移動した。グラスの水を飲み干し、ホッと一息つく。

「あら、召喚の花嫁様じゃないの」

突然聞こえてきたのは、どこか嫌味っぽい言葉だ。声の主に心当たりはない。

そちらへ顔を向ければ、綺麗に着飾った女性が三人、私を取り囲んだ。

「このような場にお招き下さってありがとうございます」

クスクスと笑いながら挨拶をしてくれたけれど、彼女たちとは初対面なので、困惑してしまう。

「はじめまして、リカです」

名前を告げたものの、彼女たちはジロジロ私を見ているばかり。

名乗ろうとしないのには理由があるの？

「不思議よね。消えたはずの花嫁が、再び現れたのですもの」

「そうそう、驚きましたわ。今まで、どこにいらしたの？」

敵意丸出しの彼女らに驚きつつも、真意がわからないため静かに聞いていた。

「長い間エドワード様を放っておいて今さら現れるだなんて、都合がよすぎますわよね？」

「ええ、本当に」

嫌味を放つ女性に、相づちを打つ女性。

「エドワード様の花嫁候補に挙がっていた女性は大勢いらっしゃったのに、ここにきてすべてが白紙に戻ったのよ。大勢の人を傷つけたとは思いませんの？」

「そうよ、勝手に帰っておいて、いきなり戻ってくるだなんて」

そうか、彼女たちはエドワードの花嫁候補だったのだ。十年の間にエドワードが突っぱねていたという話だったけど、私に対して思うところがあるのだろう。

「エドワード様が拒否していても、いずれは誰かを娶らないといけない時が来たはず。それなのに――」

悔し気に唇を噛みしめる女性はきっと、エドワード本人にぶつけることのできない苛立ちや悲しみを、私にぶつけているのだ。

「それに、召喚の花嫁は、お願いすれば誰にでも神のご加護を授けてくれるという噂じゃない。そんな軽率なお方が花嫁だなんて、到底信じられませんわ」

噂？　彼女たちはなんのことを言っているのだろう。不思議に思い首を傾げる。

「やれやれ。見苦しいこと、この上ないな」

悩んでいると、カーテンの陰からいきなり男性が現れた。背が高く、白い長衣を羽織(お)った彼は黒い長髪を紐(ひも)で一つにまとめ、やや吊り気味の目に細い顎(あご)をしている。

この人、先ほどシンシアと話していた人だ。

それに、彼のシャープな顔立ちは、どこかで見たことがある。もしや——

「レナード……?」

その名を呼ぶと、彼は視線をこちらに向けたあと、小さくうなずく。

やはり、レナードだった。子供の頃の面影(おもかげ)をどことなく残しているから、なんとなくわかったのだ。実のところ、彼の父のレオンさんとは、まだ再会していない。私もバタバタしていて、会うタイミングを逃していた。それがずっと気がかりだったのだけど、もしかしたらこの会場に来ているのかしら?

レナードは呆れた様子で息を吐き出すと、女性たちに告げる。

「苛立ちを彼女にぶつけたところで、エドワード様の関心が自分たちに向かないとわからないとは、滑稽(こっけい)だ」

「……ッ!!」

これはきつい。だがどうやら自覚はしていたようで、言われた女性が顔を歪(ゆが)める。

「それに愚(おろ)かだな」

そう吐き捨てた彼は、意地悪そうに目を細めた。

「彼女はこの国に幸福を運ぶと言われている、神アスランに選ばれし花嫁だ。その彼女がエドワード様に泣きつくかもしれないと、想像すらできないのか？　それでもあんた達は集まって、彼女に嫌味を言う方を選ぶのか？」

厳しい物言いに、毅然とした態度。子供の頃と変わっていない。むしろ言葉の鋭さに、さらに磨きがかかっている。

「……皆さん、行きましょう」

すると、リーダー格だと思われる女性が唇を噛みしめて、踵を返した。残る二人も、そのあとに足音も荒く続いた。

安堵のため息を吐いた私は、前に立つレナードへ声をかけた。

「あの、ありがとう」

だが、彼は反応することなく、私の顔をじっと見下ろしている。そんな彼に、私は言葉を重ねた。

「だけど私は、エドワードに報告しようなんて思っていないわ」

そう、悪口を言われた程度で報告していては、単なるチクリ魔になってしまう。それに、嫌味ぐらいは想定内だ。ただ面と向かってあんなにストレートに言われたのは予想外だったけれど。

「楽天家。あんたは、考えが甘いんじゃないのか？」

レナードは視線を鋭くして、私にもきつい台詞(せりふ)を言い出す。

「俺は彼女たちの心情も理解できる。今回は相手が複数だったから、つい口を挟んでしまったが」

厳しい言葉に、思わず背筋を正した。

「花嫁が現れて困惑するぐらいなら、召喚の儀式なんてやめればいいんだ。正直言って、くだらないな」

召喚された本人を前にしての失礼な態度に、呆気にとられる。なんだか苦手だ。あまり近寄ってはいけないと、本能が警告している気がする。

「あんたに忠告しておくよ」

その時、急に腕をグイッと引かれた。驚いていると耳元で声がする。

「あんたの出現を皆が喜んでいるわけじゃない。だから人を簡単に信用するな」

それだけ言うと、彼はパッと手を離した。そして振り返りもせずに広間の扉を開け、外へ消えていく。その背中を呆然と見送っていた私だけれど、しばらくして我に返った。

今のはいったいどういう意味かしら？　信用しちゃいけない人がいるってこと？

レナードの態度には困惑したものの、さっきの言葉の意味や、レオンさんがどうしているのかなど、聞きたいことがある。

そう思った私は、彼を追いかけるために足を動かした。

レナードが出ていった扉を開け、廊下に出る。広間の喧騒から離れた廊下には、静寂が広がっていた。どこへ行ったのかと思いながら周囲を見回すと、廊下の突きあたりを右に曲がる彼の姿が見えた。

「待って！」

叫んでみても、声が届く距離ではなかった。追いかけるけれど、重いドレスをまとっているので、思うように足が進まない。

もどかしい気持ちのまま廊下の端へ辿り着き、右に曲がると、そこにレナードの姿はなかった。開け放たれた大きな扉があり、その先は庭園へと繋がっている。

庭園の所々に設置されたランタンには明かりがともされていて、周囲をほのかに照らしていた。今夜の催しのためなのか、立ち並ぶ木々にはオーナメントが飾られていて、幻想的な空間を作り出している。芝が敷かれベンチまで設置されているのは、来客たちが外でくつろぐための気配りなのだろう。

庭園に立ち、周囲をざっと見回すけれど、レナードの姿は見えなかった。やはりこの服装で彼に追いつくには無理があったのだ。落胆して、ため息をつく。

急いで広間に戻ろうと踵を返すと、扉から出てきた男性と出くわした。

「どうしました？　神アスランに選ばれし花嫁よ」

「えっ……」

急に声をかけられて困惑してしまう。相手は脱いだ上着を肩にかけ、シャツのボタンを二つほど外している。髪型も手でかき上げたのか、くしゃくしゃだ。赤い顔をしており、一目で酔っているとわかる。今夜の舞踏会に呼ばれた貴族なのだろう。

「こんな場所でお一人とは、どうなされたのですか？」

ずいと距離を詰めてくる相手につい顔をしかめた。

「あの、人を探していまして」

「それは大変だ、一緒に探しましょう」

そう言った男は、いきなり私の手首を掴んだ。

「は、離して下さい。私一人で探せますから」

強引なやり方に嫌悪感を抱き、たまらず叫ぶ。しかし、相手の男性は私の訴えを無視して、勝手に引きずろうとした。

手首を掴む力の強さに顔を歪める。だが、ここで負けるわけにはいかない。

「お願いです、一度だけでいいので、私にも祝福をお与え下さい」

そう言うと男は私の手首を掴む手に力を込め、思い切り引っ張った。

「なにを言っているの!?」

意思と反して体が前のめりになり、男の胸元に近づく。オーデコロンとアルコールが混じり合った臭い(におい)に嫌悪感が湧き、顔が歪ん(ゆがん)だ。酒臭い息を頭上から吐きかけられて顔を上げられないので、せめてこれ以上距離が狭まるのを阻止しようと、右手で男の胸を押した。

「まずはそのお顔を、近くで見せて下さい」

そんなこと言われたって、嫌なものは嫌だ。

「だ、誰か……」

叫ぼうとしたその時、周囲にフワッと、シトラスの香りが漂う(ただよう)。同時に、私の手首を掴んでいた手が離れた。

驚いて顔を上げた私の視界に入ってきたのは、男の腕を背後から掴んでいるエドワードだ。緊迫した表情の彼は、急いで駆け付けたのか息を切らし、髪が少し乱れていた。

「エドワード!!」

腕を掴まれた男は、苦し気な表情を浮かべる。

ああ、エドワードが来てくれた。彼の姿を見た瞬間、強張っていた体から力が抜け、その場にへたり込んでしまう。

「なにをしている」

ぞっとするほど冷たい声が、周囲に響き渡る。

「……ッ」

男は痛みのあまり、うめき声を漏らすばかりで質問に答えられそうにない。だが、エドワードの眼差しと腕の力は緩みそうにはなかった。

私の窮地に彼が助けに来てくれた、そう思うと涙がにじんだ。

「い、痛い」

男の声を聞き、ようやっとエドワードは腕を拘束する力を弱め、冷たい口調で聞いた。

「なにをしているかと聞いている。答えろ。返答次第ではただじゃおかない」

突然現れたエドワードに、男は酔いも冷めた様子で、完全にすくみ上がっている。

「わ、私はただ、神のご加護を少し分けてほしかっただけで」

そこで、エドワードの声がさらに鋭くなった。

「それはどういう意味だ」

「召喚の花嫁は、望めば祝福の口づけを授けてくれると聞き、その恩恵にあやかりたいと思って……」

「それはどこから出た話だ。リカは私の花嫁であって、他の男が触れていい存在ではない」

エドワードの眉がピクリと動き、目が吊り上がる。

「お前はチェスター家の者だな」

正体がばれていると知ってか、男はますますうなだれた。

「由緒正しきチェスター家が財政難に陥っていることは知っている。先祖代々の土地を手放すところまで堕ちつつあるのは、跡継ぎの賭博場通いが原因だと聞いているが？」

「……」

男は押し黙ったのち、口を開いた。

「わ、私はただ、召喚の花嫁を誘惑してくれないかと、頼まれただけなんです！」

「なに……？」

エドワードの発した低い声で、周囲の空気がさらに冷ややかなものに変わる。彼は目を細め、なにか思案するような表情を男に向けていた。

「召喚された花嫁とはいえ、素性のはっきりしない娘を王家へ迎えることには反対の声もあり――」

「黙れ」

弁解をはじめた男を、エドワードは一言で遮った。彼が後方に視線を投げると、そこにはクラウスが控えている。そして、エドワードはクラウスへ指示をした。

「この男を連れていってくれ。祝いの場を揉め事で汚したくない。その者にはあとからじっくり聞きたいこともある。酔いが冷めるまで、部屋に閉じ込めておいてくれ」

クラウスは静かに頭を下げると、男に近寄り、そのまま連行していく。

きっとエドワードは、私の耳に入れたくないと思ったから、会話を中断したのだ。やはり、いきなり現れた私を快く思っていない人もいるのだと実感した。

「リカ、大丈夫か？」

エドワードが跪き、私に手を差し伸べる。彼の心配そうな表情を見て、さらに目が潤んだ。彼の手にそっと手を重ねると、ギュッと握りしめてくれる。その力強さと大きさに、安堵した。

エドワードは眉間に皺を寄せ、苦い表情を浮かべている。

「……震えている」

手が小刻みに震えていたのがばれてしまった。

「大丈夫。しばらくすれば収まると思うから」

慌てて取り繕う私の目を、エドワードは真っ直ぐに見つめてきた。周囲のランタンの光に照らされた彼の顔は真剣さを帯びている。

こんな状況だというのに胸が高鳴りはじめる自分に、戸惑ってしまう。

エドワードは私の腕を取ると、強く引き寄せた。彼の胸の中に飛び込む形になり、シトラスの香りに包まれる。ギュッと抱きしめられ、その力強さに心臓が跳ねた。

「頼むから目の届かない場所に行かないでくれ」

荒ぶる感情を抑えようともしない声を聞き、私は昔の彼を思い出した。

『こんな小さな手じゃ、リカに届かない』

そう言って涙していたエドワードとは、なにもかもが違う。今の彼はすべてを任せられる存在なのだと、実感した。

ああ、彼はもう子供じゃなく大人なのだ、私を守れるほどの。そう意識したら、心臓がドクンと音を立てた。

「大丈夫よ、エドワード」

彼の頬にそっと右手を添えると、エドワードは驚いたように目を見開いた。そして私の右手に頬ずりをしたのち、手の甲に口づけを落とす。

「あ、あの……」

一連の動作から愛情を感じ、恥ずかしさで腰が引けた。

「リカ……」

だが、エドワードはすかさず私の腰に腕を回すと、さらにぐっと引き寄せた。顎に指が添えられて、上を向かされる。

エドワードの潤んだ瞳に射貫かれた次の瞬間、額に感じたのは柔らかな唇の感触。体に緊張が走ると同時に、腰に回されたエドワードの手に、ギュッと力が込められた。

やがて静かに唇を離したエドワードは優しく微笑む。

「早く落ち着くように。――リカが教えてくれたおまじない」

そう言われて、目を見開いた。彼がまだ子供だった頃、剣の実技試験に臨み、緊張していた日があった。だから当時の私は、『落ち着くおまじないよ』と言い、抱きしめてそっと額に口づけしたのだ。

まさかそれを、ここで返されるなんて、夢にも思わなかった。しかも、大人になったエドワードが相手だなんて。手の震えは止まったけれど、心臓の鼓動は速くなるばかり。そんな私の胸中を知らないエドワードは涼しい顔で微笑むと、言葉を重ねる。

「リカ、見せたいものがある」

彼に自然に手を握られた私は、大きな手と熱を感じて顔の火照りが収まらないまま、来た道を戻り、城内に入った。

そして、広い廊下を二人きりで歩く。騒がしい広間とは違って静かなこの空間だからこそ、この心臓の高鳴りが彼に聞こえてやしないかと心配になってしまう。

しばらく二人で歩き、やがて前方に見えてきた扉の前で立ち止まる。

「ここは？」

質問してもエドワードは笑顔を向けるのみで、返事はない。

重い扉を開けて中に入ると、その部屋の壁に並んでいる、何枚もの肖像画が視界に入った。奥にいくほど古い色彩で、年代を感じる。描かれている人物たちは、どことなくエドワードに似ていた。

「ここには歴代の王族の肖像画が飾られているんだ」

なるほど、似ていると思ったわけだ。しかし、美形なのは先祖代々の遺伝なのね。

納得しつつ見上げていると、先に奥へ進んだエドワードが手招きをした。

「どうしたの？」

近づいたところ、彼は壁の一点を見上げていた。

「あの肖像画が一番気に入っている」

そこに描かれていたのは、エドワードと同じ金の髪を持つ男性。長い髪を紐で一つにまとめ、微笑んでいる。その横に並ぶもう一人の人物を見て、驚いた。

それは、黒髪に黒い瞳を持ち、どことなく異国の雰囲気を漂わせた女性だ。彼女は幸せそうに微笑んでいる。

「あの肖像画の女性が、二百年ほど前に呼ばれたという『召喚の花嫁』らしい」

その絵に、食い入るように見入ってしまう。

——あなたはどうして選ばれたのですか？　この国での生活は幸せでしたか？

心の中で問いかけるも、答えなどあるはずがない。ただ、自分と同じ境遇の女性が大昔にいたのだと知って、不思議な気持ちになる。

「幼い頃から、儀式で花嫁が現れるのを夢見ていた。周囲は儀式をするだけ無駄だと思っていたようだけど、必ず現れるはずだと、なぜか確信があったんだ。そしてその女性と共に生きるのだと」

「エドワード」

「リカを初めて見た時は心が震えた。子供だったから口にするのはためらっていたが、今なら言える。出会った時から、ずっと惹かれているよ。召喚の花嫁だとかは関係ない、リカが側にいることを望んでいる」

「……」

「私の気持ちは態度に表れていたと思う。だが、やっと言葉にすることができた。自分なりにけじめをつけて、はっきりと告げたかったんだ」

じっと見つめていると、エドワードは真剣な顔で言葉を続ける。

「周囲はこのまま結婚式まで一気に進めようとしている。だが、肝心のリカの気持ちは？　それが聞きたい。周囲に押し切られる形じゃなく、リカの意思で私を選んでほしいと思っている」

これを言うために、エドワードはここまで連れ出したのだ。

私を好きだと告白してきた彼。それを押し付けるでもなく、気持ちを確認してくれる彼の紳士的な態度が、すごく嬉しい。

だがそれと同時に、不安にもなった。

幼い頃に一度別れたせいで、エドワードは私のことを美化しているんじゃないの？　大人になった今なら、もっといい人がいると気づくんじゃない？

顔を上げた私を、固唾を呑んで見守るエドワード。その顔は緊張に強張っている。

「私はね、まだ混乱している部分もあるの。……だから時間が欲しい」

正直に告げた私を、エドワードはそっと引き寄せた。そのまま、ぎゅっと抱きしめられ、頬に触れる指先に体が震える。

「待つ。十年も待った。今さら待つのは苦ではない。式は延期を申し出るつもりだ。リカの気持ちが固まるまで」

彼の返事を聞き、ホッとした。私の顔をじっと見つめていたエドワードはふいに顔を近づけ、耳元でささやく。

「だが本音は、そう長くは待てそうもない」

驚いて彼の顔を見上げると、吐息が感じられるほどの至近距離で視線がぶつかり合う。心臓の鼓動が速くなり、どうしようもない。

「本当は離れてしまわないように、縛りつけてしまいたい。独占欲の強さだけは幼い頃と変わっていなくて、自分でも嫌になる」

吐き出すみたいに絞り出した声は、自分自身に呆れているようにも聞こえた。

「そんなことないわ」

「いや、これでも余裕がなくて、取り繕(つくろ)っているだけ。幼い頃のイメージのままでは、男として見てもらえないかもと不安で、強がっている」

こんなに立派に成長しても、不安に感じるんだ。不思議に思っていたところ、エドワードが続けた。

「選んでもらえるように、今後も努力を惜しまないことをリカに誓う。そしていつか、この肖像画の横に、共に並びたいと願う」

再びギュッと抱きしめられると全身が火照(ほて)って、心臓がさらに高鳴る。この音が、彼に聞こえているかもしれない。

「自分の気持ちを伝えたかったから、ようやくすっきりした。――戻ろう」

爽(さわ)やかな表情を浮かべているエドワードだけど、一方、私は混乱している。

本当に私でいいの？　どうしてこんなに好いてくれるの？

先ほど、エドワードと広間で話していた綺麗な女性たちが、脳裏をちらつく。

だけど、疑問を口に出せないまま、エドワードに手を引かれて広間へと戻った。

第五章　自覚した想い

こっちの世界に戻ってからというもの、ずっとバタバタした毎日を過ごしていた。舞踏会まで忙しい状態だったけれど、それが終わって五日も経つと、少し余裕が出てきた。

そこで私はあることを考えている。

よし、レオンさんに会いに行こう！　神殿に行けば、彼が今どこにいるのかくらいはわかるはず。

裾の長い長衣を身にまとい、神官の服をいつもパリッと着こなしていたレオンさん。親身になってアドバイスしてくれた彼は、どうしているのだろう。会えないのは忙しいからかしら？

そもそも、この状況を相談できる友人がいないので、相談相手が欲しい。最初に私をこの世界へ召喚した張本人であり、常に落ち着いたレオンさんなら最適だ。

決断してから行動に移すまでは早かった。私はその足でレオンさんがいると思われる神殿へ向かう。

「リカ様、どこかへ行かれるのですか？」

部屋を出てすぐに、クラウスに声をかけられた。

「ええ、神殿へ向かいます」

「わかりました。では、神殿の前までお送りしましょう」

クラウスはそう言うやいなや、私の前をスタスタと歩きはじめた。どうやら誘導してくれるらしい。

「道は覚えているから大丈夫よ」

彼だって忙しいだろうに、わざわざ道案内してもらうまでもない。そう告げると、クラウスは眉根を寄せて苦笑した。

「リカ様を一人になさらぬよう、エドワード様から言われています」

「そうなの？」

驚いて聞き返せば、彼は静かにうなずいた。

エドワードってば過保護すぎるわ。クラウスには他の仕事もあるはずだし、私の側にいるのも退屈だろうに。なんだか申し訳なくなってくる。

私の表情を見たクラウスはその申し訳なさを察したようで、冗談めかして言う。

「エドワード様がお側についている方が嬉しいのではと思いますが、忙しいお方ですから。私で我慢して下さい」

「我慢なんてそんなことないわ。むしろクラウスの方が嫌じゃない？」

思い切って聞いてみたところ、彼は微笑みを浮かべ、首を横に振る。

「これでエドワード様が執務に没頭して下さるのなら、喜ばしいことです」

クラウスが言うには、私を一人にするとエドワードが不安がるのだとか。

それならばと了解し、彼と連れだって神殿までの道を歩いた。

城の北側の扉を出てしばらく経つと、広い林道が続く。木漏れ日を浴びながら足を進めた。

以前通ったことのあるこの道も、懐かしい感じがすると思ったところで、ふと気づいた。

「昔、ここを通った時、もっと道が悪かった気がする」

ポロッとこぼした言葉を、クラウスはすぐさま拾い上げた。

「この道はレンガが老朽化していました。そのせいで道が悪かったのですが、神殿へ通う際に不便だろうとのことで、レンガを敷き直したのです。もう五年ほど前になりますかね。エドワード様のお考えですよ」

「そうなんだ」

私からしたら最近のことでも、彼らの中では五年も前の話だったらしい。それも、エドワードの指示だっただなんて。彼がこの国の王子として立派にやっていたのだと思うと、なかなか感慨深いものがある。

そうこうしているうちに、神殿に辿り着いた。久々に目にする建物は大きく、相変わらず独特の雰囲気を放っている。

「リカ様、用事が終わるまで、私はここで待っています」

「中へは来ないの？」

そう問えば、クラウスは首を横に振った。

「神殿の中ならば特に心配するようなことはないと判断しました」

要するに、神殿は私にとって安全な場所であって、目を離しても問題ないと判断したのだろう。それくらいの自由は認めてくれているらしいし、その方が助かる。一人になる時間だって大切だ。

「少し人に会ってくるだけだから。そう時間はかからないと思う」

「承知しました」

彼の気遣いに感謝しつつ、クラウスに手を振り、いったん別れを告げた。

そうして彼に見送られ、神殿の中へ足を踏み入れる。

静かな空気のここは、外よりも気温が低く、ひんやりとしていた。薄暗く、どこからかお香の白檀のような香りが漂う中、大理石の床を歩く音が遠くまで響いている。

この空間は十年経っても変わっていない。そう思うと心が落ち着く。

あの時は周囲に流されて、あっと言う間に祭壇まで連れていかれたけれど、あれが式だとは思わなかったな。

それに、その場で初めて結婚相手の顔を見るだなんて、思い返してみても、すごい話じゃない？

最初は相手が子供だと知って、そりゃあ驚いた。

だけど、すぐに懐かれて仲良くなり、側で見守ろうと決めた矢先、元の世界へ帰った。

だけどまた、私はここへ戻ってきて……

何度振り返っても、不思議な話だと思う。

この世界の皆は、私がここに来た理由について口を揃えて言う。『神アスランの意思だ』と。

神がいるというのなら、なぜ私が選ばれたの？　一度だけではなく、再びこの地に戻ってきた理由はあるの？　そして私は、どうするべきなのだろう。

静寂が広がる空間に、私の足音だけが響いている。

「どちらへ行かれるのでしょうか？」

しばらくすると、前方から歩いてきた女性に声をかけられた。ゆったりと優しい雰囲気の彼女は、女性神官だろうか、裾の長い白の長衣を羽織(はお)っている。

「あの、相談事があるのですが」

以前、レオンさんは悩み相談を受け持っていると話してくれた。こう言えば、彼と会えるかもしれない。

「ああ、それでしたら、ここから真っ直ぐに進んだ先、突きあたりの右の部屋ですよ」

教えてくれた女性に礼を言い、神殿の通路の奥まで進み、一室の前で足を止める。

濃い茶色の扉には、重圧感があった。その扉の脇についている大きなベルを見て、思い出す。

ここは以前、私がレオンさんに相談をした部屋だ。

もしかして、この部屋の奥に彼がいるのかしら？

期待をこめてベルを鳴らした。だけど返事はなかったので、そっと扉を開けた。

狭い部屋には、テーブルと簡素な椅子が置かれている。明かりの入らない薄暗い空間がやけに落ち着く。壁についている小窓は、隣室と繋(つな)がっているのだっけ。

悩める人々はこの場所で神官に相談したり、時には懺悔(ざんげ)をしたりするという。

私は椅子をそっと引き、腰を下ろした。

あの時は、レオンさんのアドバイスに救われたなぁ。

当時に思いを馳せていると、隣室から小窓の鍵が開く音がした。しばらくすると小窓が、ほんの少しだけ開かれる。

もしかしてレオンさん？

思わず背筋を伸ばし、相手の出方を窺った。

「なにか困りごとでも？」

静かに問いかけてきた声は男性のものだった。それを聞いた瞬間、懐かしさにとらわれる。

この声はレオンさんの声だ、間違いない。

久々の再会を喜びたい気持ちになるが、そうもいくまい。相手は仕事中だ。

そこで咳払いして、改めて背筋を伸ばす。

「悩みがあります」

そう言うと、しばらくの沈黙のあと、声が聞こえた。

「続きをどうぞ」

それを聞き、落ち着いて話そうと思いながら口を開く。

「この世界に戻ってきて、時の流れが違うと知りました」

凛(りん)とした空気の中、私の声が響く。

「すっかり大人になった彼が、真っ直ぐに気持ちをぶつけてくることに戸惑いがあります。もしかしたら、彼は幼い頃の刷(す)り込みで、私を好きだと思い込んでいるのかもしれません」

誰にも相談できなかった気持ちを、思い切って口にした。

「そんな彼にどう接するべきか、考えてしまいます」

レオンさんはどう答えてくれるだろう。さっきの話で、扉の向こう側にいるのが私だって気づいたはずだ。

そう思いつつ、私は緊張して返答を待っていた。すると、呆れたような声が返ってくる。

「そのぐらいで相手の想いを疑って悩んでいるのなら、やめた方がいいんじゃないか？」

「は!?」

突然、声の調子を変えた相手に驚き、間抜けな声を出してしまった。

しばしの沈黙ののち、小さな窓の向こうで人が動く気配を感じた。ガラッと小窓が開いた直後、予期せぬ人物が顔を出す。

「あんたはこの十年間の王子の様子を知らないから、そんなことを言えるんだよ」

「あ、あなた……レナード!!」

思いも寄らない人物の出現に、驚きを隠せない。つい勢いよく椅子から立ち上った。

「王子の好意はダダ漏れで見苦しいぐらいなのに、それを疑っている。これ以上どうすれば、あんたは信じるっていうんだ？」

ポンポンと吐き出される言葉を、私は瞬きもせずに聞いていた。

「相手の気持ちを疑う前に、肝心のあんたの気持ちはどうなんだよ。あんたの心だって揺らいでいるんじゃないか？」

「そ、それは……」

「ぐだぐだ言っているけど、本当に嫌なら拒否すればいいだけだろう。召喚の花嫁なんて勝手なことを言うな、と」

口調は厳しいけど、言っていることは間違っていないと思う。グッと言葉に詰まり、うつむく。

よりによってレナードに相談してしまった……！

思えば、彼は子供の頃から口が悪かった。そして、先日の舞踏会でも、私に対して当たりがきつかった。子供の頃は反抗期だと納得していたけれど、二十歳を超えているはずの今、反抗期はとっくに終わっているだろう。これは単に、私をよく思っていないからなの？

どこか悔しい気持ちになりながら、私は顔を上げた。長い黒髪を一つにまとめた、やや吊り目の彼はレオンさんと似ている。そこで思い出し、彼に聞いてみた。

「レオンさんは？」

「ああ、早々に引退して、母と二人で南の地方に移住した」

「そんなぁ」

それでは、なかなか会えないではないか！　残念に思い、ガックリとうなだれた。

しかし、そもそもはレオンさんが前と変わらずこの部屋の担当だと思い込んでいた私も悪いのだ。

十年経っていると口ではわかっていても、どうにも感覚がついていかない。

「おかげで俺は大忙しだ。数年前から進めている書物の整理も、なかなか進まない」

悪態をついた彼は、ため息をつく。

「で、あとは？　他に悩みはないのか？」

そんな面と向かって聞かれても、この状況で相談できるわけないでしょう！

押し黙った私を見て、レナードは顔を歪(ゆが)めて笑う。嫌な笑顔だ。

「その様子ではないようだな。助言としては、あんたがどうしたいのか、自分で考えろ。それだけだ。じゃあな」

そう吐き捨て、彼はピシャリと小窓を閉めた。

なっ……！　なんなの、あの態度の悪さは！

顔はレオンさんに似ていると思ったけれど、性格は全然似ていない。

相談する相手を間違えた。それにしても、あんなにつんけんした態度を取られるなんて、私は彼になにかしたのだろうか、思い当たる節がない。一人取り残された部屋で考えてから、クラウスを待たせていたことを思い出した。

そもそもレオンさんがいないのなら、ここにいる意味はない。早く戻らなくちゃ。

そう思い、足早に部屋を出る。来た道を戻っていると、先ほどすれ違った女性とばったり出くわした。軽く会釈をして通り過ぎようとすれば、相手が声をかけてくる。

「無事に終わりましたか？」

「ええ、おかげさまで、ありがとうございました」

本当はちっとも無事じゃなかったけどね！　その言葉は言わずに呑み込んだ。

「そうですか。小窓の部屋の担当はレナード神官です。彼はお若いのに親身になって話を聞いてくれると、大変評判がいいのですよ」

「……」

微笑みながら教えてくれたが、聞き間違いかと思った。

「とても親切で、困っている人を見過ごせない性分は、お父上譲りなのでしょうね」

あれ、おかしいな。レナード神官って二人存在するのかな？　私の知っている彼とはかけ離れている。

「神は困っている人には救いの手を差し伸べるものです。我々神官はその架け橋となるため、喜んで悩みを聞き、救われる手段を共に考えたいと思っています。いつでもいらして下さい。神のご加護があらんことを」

「あ、はい……」

頬を引きつらせながら、そう返事をするのが精一杯だった。

彼女のレナードに対する評価が正しいのなら、私はどれだけ彼に嫌われているのか。

どこか引っかかりを感じつつ、神殿の外へ向かう。

階段を下りようと足を踏み出したところで、クラウスが近づいてきた。

「すっかり待たせてしまったわ。ありがとう」

「とんでもございません。用事は済みましたか？」

そうたずねてきたクラウスは、笑みを浮かべる。

「ええ、まあ」

私は曖昧に答え、気づかれないように小さくため息をついた。

　レオンさんがもう神殿にいないのなら、私は誰に話を聞いてもらえばいいのだろう。

　ふと、さっきレナードが言っていた言葉が蘇る。

『あんたがどうしたいのか、自分で考えろ』

　心にぐっさりくるキツイ台詞だけど、彼の言うことは間違っていない。私がはっきりさせないといけないことだった。流されるだけじゃなく、自分でも考えるべきだ。

「リカ様」

　その時、クラウスがためらいがちに声をかけてきた。いつもはおしゃべりな私が静かになったことで、心配したのかもしれない。

「なあに？　クラウス」

　返事をしつつ、慌てて顔を上げた。

「この後、お時間はありますか？」

　急にクラウスが立ち止まる。特に用事もない私はうなずいた。

「では少しだけ散歩でもしませんか？」

「ええ、いいわよ」

　そう答えると、クラウスは今まで進んでいた方向とは逆に向かいはじめた。どこに行こうというのだろう。不思議に思ったけど、黙って後をついていく。

しばし無言で歩くと、やがて湖が見えてきた。

「ここは……」

「覚えていますか？」

覚えているもなにも、私はこの湖に落ちて元の世界へと戻った。そして再び戻ってきた際には、この湖の側で倒れていたのだ。

光を浴びて輝く水面は澄んだエメラルドグリーンをしている。自然に囲まれたこの場所は昔と変わっていない、ただ一つの点をのぞいて。

「そういえば聞きたかったのだけど、あの塔は？」

そう聞きつつ、湖の真ん中にそびえ立つ高い塔を指さした。

「リカ様を湖で見失ったあと、エドワード様の強い要望により、あの塔が建てられたのです」

「それはどうして？」

「リカ様がどこから現れても、すぐに見つけることができるようにです。この要望を最後に、エドワード様は一切わがままを言わなくなりました。そして、時間を見つけてはあの塔に上り、地上を眺めていらっしゃったのです。どこかにリカ様が現れるのではないかと」

「……」

「あのことがあり、エドワード様は心身共に大人になられた。目の前で大切なリカ様を失ったことは、大きな痛手となったはずですが、それを乗り越えようと日々、自身の感情と格闘なさっていました」

穏やかに言葉を続ける彼と見つめ合った。

「私からのお願いです。どうかエドワード様の想いを否定しないで下さい」

「クラウス……」

「側でずっと仕えていたので、知っています。あの方がどんなにあなたを熱望していたのかを。再び会えることはないのかもしれないとあきらめそうな心を、必死に奮い立たせ、決して悲観的にならずに、日々努力なさっていた。強い心のお方です」

風がそよぎ、髪が流れる。それを手で押さえながら、彼の言葉を聞く。

「もちろん、リカ様も考えることがおありでしょう。ですが、断言できます。エドワード様はリカ様に会える日を、ずっと待ち続けていました」

「クラウス……」

この十年間、エドワードの側にずっといたクラウス。彼の言葉には重みがあった。

「それにリカ様も、忘れたことがなかったのではありませんか？」

「えっ……」

クラウスは、どうしてそんなことを言い出したのだろう。

知的な目を細めて微笑するクラウスは、私の首元をそっと指さした。その先を辿れば、ネックレスが輝いている。

「すみません、以前、そのペンダントトップの指輪が見えたもので」

「あ、これはね、こうやっておけば、失くさないと思ったからなの」

指摘されて急に恥ずかしくなり、慌てて弁解する私。

「離れている間も身に付けて下さったとお知りになったら、エドワード様はお喜びになるでしょう」

顔が熱くなってきた私に、クラウスが優しく微笑みかける。

「せっかくなので、あの塔に登ってみましょうか」

彼が指さす方を見つめる。

「いいの？」

「ええ。高い場所から見る自然に囲まれた景色は、それはもう素晴らしいのですよ」

それは見てみたい。誘われるまま、塔まで続く橋を渡った。

「足元にお気をつけ下さい」

「わ、結構揺れるのね」

不安定な足場は、少し怖い。ぐらつきながらもなんとか渡り終えて、塔の入り口に辿り着いた。

クラウスが扉の前に立ち、手を伸ばしかけたが、その動きがピタリと止まる。

「どうしたの？」

思わず、横から彼の顔をのぞき込んだ。

「申し訳ありません、リカ様」

急にかしこまって、どうしたのだろう。

「いきなり来たので、塔の鍵を持ってくるのを失念していました」

真面目な顔で謝罪するクラウスを見て、つい噴き出した。

「いいのよ、また次回にでもお願いするから」

冷静ですごく頭の切れる人だと思っていたから、こんな失敗をするなんて予想もしなかった。そう思うと、笑いを堪えられない。

青空の下、私が高らかに笑う声が響き渡る。

「戻りましょう」

そして、特に気にした風でもないクラウスと共に、湖をあとにした。

「クラウスと出かけたんだって？」

その夜、エドワードに質問された。

どうやら、クラウスが昼間の行動をエドワードに報告したみたいだ。

私は手元にあるカードをベッドの上でシャッフルしながら、返事をする。

「ええ、神殿の帰りに湖へ寄ったの」

あれからも、勝てなくなったカードゲームで懲りもせずに勝負を挑む日々を送っていた。こうやっていると、すごく昔が懐かしい。ま、今じゃ私の方がなんとか彼に勝とうとしているのだから、完全に立場が逆だけどね。私はカードをまとめて配りつつ、口を開く。

「だけど塔には登れなかったの。鍵がかかっていたのよ。残念だわ」

「鍵が？」

少し驚いたように眉を上げたエドワードは、しばらく考え込んでいた。その間にカードを配り終える。

「さあ、今夜は負けないからね」

二人だけのカード大会が、今夜もまた開催された。

翌日、午前中はカルディナからマナーのレッスンを受けた。レッスンが終わり、部屋に戻って一息ついていると、扉が叩かれる。

腰を上げて出迎えたところ、エドワードがたたずんでいた。なんの用だろう？

「午後から時間はある？」

「特に予定はないわ」

そう告げると、にっこりと微笑んだあと、私の手を取った。

「よかった。じゃあ、行こう」

いきなり握られた手の温かさに動揺している私を、エドワードはそのまま連れ出す。いったい、どこへ行くつもりなのかと聞いても、彼は微笑むだけで答えない。仕方がないので大人しくついていく。

「ここは……」

城を出て庭園を横切り、しばらく歩くと目的地についたみたいだ。エドワードは背後にいた私を振り返る。

「案内するよ、こちらへ」

そこは湖だった。昨日もクラウスと訪れたけれど、どうしたのだろう。疑問に思っていたところ、エドワードが照れたように口を開く。

「塔からの景色を見せてあげたくて」

私が残念だと言っていたことを、気にしていたんだ。

「行こう」

昨日は、塔までの橋は足元がぐらぐらとおぼつかなくて怖かったけれど、不思議と今日は安心できた。なぜだろう、この手の温もりのおかげかしら。

エドワードに握りしめられたままの手を、そっと見つめる。

塔の扉を彼が開けると、目の前にらせん階段が続いていた。結構、急な階段だ。

「足元に気をつけて」

心配そうな声を出すエドワードに大丈夫と告げ、歩みを進める。

やがて、息が切れて足に痛みを感じはじめたころ、視界が開けた。

無事最上階まで辿り着いたらしい。思ったよりも広々としているこの階には部屋がいくつかあるのか、複数の扉がある。扉の側に大きな窓があり、そこから森が一望できた。

上から見る森の景色は、とても神秘的で、長い歳月をゆったりと生きてきたような、時の流れを感じさせる。

下に広がる深く澄んだコバルトブルーの湖は、光を反射してキラキラと輝き、まぶしい。その周囲をぐるっと囲む形で木々が立ち並び、風がそよいでいる。自然に包まれた景色は、まさしく絶景だ。

私は言葉を失くし、ただ見入った。

「どう、気に入ってくれた？」

エドワードの声で我に返る。

彼は、窓枠に手をかけている私をのぞき込む姿勢を取っていた。

「ええ、すごいわ。まるで自然と一体化したみたいよ」

風がそよぎ、頬を撫でていく。興奮して熱くなっている私には、それが気持ちよい。

「いつか、リカとこの景色を見たいと思っていた」

「私も見たかったの。ありがとうエドワード」

私のためにここまで連れてきてくれたことに、感謝の気持ちでいっぱいだ。

「でも、このために時間を割いたり、鍵を借りたり、大変だったんじゃない？」

そう言うと、エドワードは片眉を上げた。

「ここは、鍵なんてかかっていない」

「え、そうなの？　でも、昨日クラウスは鍵を忘れたって言っていたわ」

その言葉に、エドワードは苦笑する。

「クラウスは私に遠慮したのだろう」

そこでやっと気づいた。クラウスは、私を塔へ誘ったけれど、やっぱりエドワードと見た方がいいと思ったのだろう。クラウスってば、余計な気を使って！　変に意識してしまうじゃない。

「だが約束してほしい」

「ん？」

急に真面目な声を出し、手をギュッと握ってきたエドワード。前かがみの姿勢になって、さらに顔を近づけた。

「一人ではこの湖に近づかないで」

彼の真剣な様子を見て、思わず聞き返した。

「どうして？」

「ここでリカは一度消えている」

ああ、そうか。彼が不安になる理由はそれなのか。

「大丈夫よ、湖には入らないから」

「そんなことを言っているわけじゃない！」

いきなり声を荒らげたエドワードに、私は目を見開いた。

「心配なんだ。リカがまた、手の届かない場所に行ってしまうかもしれないと思うと」

急に弱々しい調子になっていく彼の姿が、幼い頃と重なる。そっと手を伸ばし、彼の頭を撫でた。

「じゃあ、約束するわ。一人では湖に行かない」

そう断言して、彼の瞳を見つめる。

「そして、勝手にいなくならないから」

自然に口から出た言葉に、自分でも驚いた。だが、それを聞いたエドワードは頬を緩める。

「この湖には不思議な言い伝えがあるんだ」

「どんな？」

「異世界と通じる場所だとか、水の妖精が住んでいて、時折人の願いを叶えてくれるとか、いろいろ」

確かに、澄んだ湖からは神秘的な力を感じる。不思議な伝説が語り継がれているのも納得できた。

エドワードは考え込んでいた私の体を引き寄せると、力強く抱きしめる。

「ねえ、先ほどから気になっているのだけど」

「え？」

エドワードの視線の先を追えば、私の首元だった。

「そのネックレスのトップについているのは、あの指輪？」

たずねられた途端、恥ずかしさが込み上げてきて、言い訳めいた説明をする。

「あ、ずっと身に付けていたから、この方がしっくりくるというか……」

「付けていてくれたんだ」

美麗な顔に、満面の笑みを浮かべるエドワード。

「すごく嬉しい。離れていると思っていた十年間も、指輪を通じて繋がっていた気がする」

素直に喜ぶ彼は私の手を取ると、そっと指先へ口づけを落とした。

「リカは、なにか迷っていることや、困っていることがある？」

「どうして？」

耳元で聞こえる声は若干トーンが低く、いつもより小さい。彼は不安なのだろうか。

「神殿に行ったり、クラウスに相談したりするのもいいけれど、私にも話してほしい。頼りないかもしれないが、私だってリカの力になりたいんだ」

彼の不安を少しでも和らげたいと思った私は、無意識のうちに、そっと彼の体に腕を回し、抱きしめていた。

「ありがとう」

ぽつりと伝えると、エドワードも私の背中に腕を回し、強く抱きしめる。この胸の高鳴りが彼に聞こえているんじゃないかと思ったら、急に恥ずかしくなった。だけど今はエドワードの温かさを感じていたい。そう思って、彼の体にギュッとしがみつく。その時、一瞬だけエドワードの体が震えたのがわかった。しかし、私はそのまま目を閉じて、しばらく彼に身を任せていた。

エドワードの側は、すごく居心地がいいと感じながら――

翌日も、カルディナとシンシアから勉強を教えてもらっていた。本当は教師をつけるはずだったのだけど、その役を彼女たちが買って出てくれたのだ。

恐縮する私に、カルディナが笑いながら告げた。

「あら、いいのよ。その分、私の勉強の時間が減るでしょう？」

カルディナはちゃっかりしている。私たちの呆れ顔に、彼女はおどけてみせた。

「いいじゃないの。勉強時間は退屈なのよ」

正直な告白を聞き、思わず苦笑い。隣にいるシンシアも静かに微笑んだ。

それを見たカルディナが陽気に口を開く。

「シンシアはいいわよね。頭もいいし礼儀作法は身についているし、なにをやらせてもそつなくこなすし。だからこそお兄様の花嫁候補に挙がって……」

そこでハッと我に返ったようで、表情を強張らせた。『しまった』とでも言いたげだ。以前、エドワードは他の花嫁候補を打診されていたと聞いた。それってシンシアもそうだったの？

重苦しい空気が流れる中、口を開いたのはシンシアだった。

「カルディナだって覚えが早いと褒められていたじゃないの。勉強が嫌だなんて口実で、リカ様ともっと仲良くなりたいだけでしょう？」

軽い口調の言葉を聞いたカルディナは、強張っていた表情を緩ませた。

「だって私、同年代の友人が少ないのよ。でもリカは友人というより妹みたいな感覚かしら？　背も小さくて可愛らしいし」

ぐはっ！　主張したいのだけど、私はいたって平均身長だ。カルディナやシンシアが長身なだけだと思う。彼女たちはそれに加えて顔は小さく手足も長い。胸だって大きいし、スタイルが抜群にいいのだ。それに比べて私は……。そっと視線を下ろし、自身の胸を見る。

うん、とってもささやかな膨らみだ。実感して悲しくなってきた。私はよほど物悲しい顔をしていたのか、カルディナが慌てて言葉を付け加える。

「だけど、リカもこれから成長すると思うわ！」

その必死なフォローが悲しい。

「なんだか頭が痛くなってきたわ……」

私は、ズキズキするこめかみを押さえたのだった。


それからもこの国の歴史を習い、時間が過ぎたところで、今日はおしまい。あとは皆で楽しく紅茶タイムだ。

「難しかったけれど、シンシアの説明はわかりやすかった。ありがとう」

「どういたしまして」

優しく微笑むシンシア。そう、彼女の説明はとても丁寧で、もっと聞いていたいと思ったぐらいだ。

だけど授業の途中から集中力が切れたのか、どうにも集中できない。それに頭痛に加えてなんだか寒気がする。私は、それらを気のせいだと自分自身に言い聞かせ、温かな紅茶を飲んだ。

一口飲むと花の香りがフワッと広がり、美味(おい)しい。

そのまま、カルディナとシンシアがおしゃべりをしているのを、どこかに意識を飛ばして聞いていた。

やっぱり、体がふわふわしておぼつかない。

今すぐに横になって休みたいと思ったけれど、おしゃべりに夢中な彼女たちの時間に水を差すのは気が引けた。

ひとまず椅子に座って様子を見よう。休めばよくなるかもしれないし。

そう思って二人を見守っていると、扉がノックされた。

「あら、いつものお客様ね」

そう言って笑うカルディナは、相手が誰なのかわかっているみたいだ。彼女は席を立つと、扉を開けた。

「リカは？」

開かれた扉から姿を出し、開口一番にそうたずねたのは、エドワードだ。彼はよく執務の合間をぬって私たちの様子を見に来ていた。

「そんなに心配しなくても、そこに座っていますわよ」

カルディナがからかうように言ってすぐ、エドワードと目が合った。

この時点で私の頭はぐらぐらと、まるで沸騰しているように熱かった。

やばいかもしれない。なんだか椅子に座っている状態でもきついし、めまいがする。

エドワードが目を見開き、私を見ている。

無理に微笑もうとしたら、体がグラリと揺れた。

あ、倒れる。

体を床に打ち付けてしまうだろうと覚悟して目を瞑(つぶ)った瞬間、体が宙に浮いた感覚があった。

あれ、痛くない？

予想していた痛みがこないので、恐る恐る目を開ける。すると、至近距離で私を見つめるスカイブルーの瞳があった。

「リカ！」

エドワードに肩を抱かれ、支えられている姿勢だ。大きく息を吐き出すと、視界が回る。

「カルディナ、人を呼んできてくれ、今すぐに」

「はっ、はい！」

エドワードの鬼気迫る(ききせま)迫力に圧(お)され、カルディナが走って部屋の外へ出ていった。

背中に手が添えられ、膝(ひざ)の裏に腕が入ってきたと感じると同時に、そのまま抱き上げられる。

私はエドワードの焦った横顔を見て、思わず手を伸ばしていた。

彼の首にギュッと抱き付くと、背に添えられた手に力が入る。

「大丈夫だから、リカ。このまま体を預けて」

そう言って息を吐き出すエドワードにうなずき、瞼を下ろした。


やがて、エドワードに抱きかかえられてふわふわした浮遊感の中、ベッドに寝かせられた。

それから意識が飛んだものの、気がついた時には医師が私をひと通り診察したあとなのか、ベッドの脇でエドワードと話している声が聞こえた。

「疲労による発熱でしょう。美味しいものを食べて、しばらくゆっくりと体を休めることです」

ここ最近は緊張した日々を過ごしていたから、自分でも知らないうちに無理をしていたらしい。熱っぽくてだるい体で横たわったまま、ゆっくりと息を吐き出した。

こうやってダウンするのも久々だ。元の世界にいた時は、いつもギリギリまで我慢して、体調が悪いことを周囲に隠していた。

『今日はゆっくり休んでお家の人に看病してもらったら？』

心配してくれる皆の言葉にも、無理に笑って大丈夫だと答えることが多かった。

だって、私には看病してくれる人などいない。

胸に浮かんだ言葉を呑み込み、いつも一人で頑張っていた。

「リカ」

近くで声が聞こえたので、そっと目を開けると、スカイブルーの瞳が私を不安そうに見つめていた。

「苦しい？」

そう聞いてくるエドワードの方が痛みに耐えているように見えて、申し訳ないし苦しい。

「大丈夫。少し休めばよくなると思うし」

心配かけまいと、なんとか微笑んだ。すると、そっと手が伸びてきて、私の額（ひたい）に当てられる。手がひやりと冷たくて、思わず本音をこぼしてしまう。

「冷たくて気持ちいい」

小さく息を吐き出して、再び目を閉じた。

「体調が悪かったのに気づけなくて、悪かった」

エドワードの口調は、どこか自分を責めているみたいにも聞こえる。

「気にしないで。昔からたまにあるの」

そう、頑張りすぎたあとに、ドッと疲れが押し寄せてきて倒れることがあった。

「すぐによくなるわよ」

そう伝えれば、彼はきっと納得するだろうと思っていた。だけど――

「リカ、辛い時は無理しなくてもいい」

静かな声でささやくと同時に、彼は私の頬に手を添えた。

「こんなに熱くなっているのに、平気なわけないだろう」

つぶやいたあと、彼は真っ直ぐに私を見つめる。

「我慢なんてしなくてもいい。リカが吐き出す感情はすべて受け止めるから。だからもっと頼って」

私の頬を、エドワードの指先が滑(すべ)る。

「辛い時に無理矢理笑って周囲を安心させるより、わがままを言ってくれる方がいい」

その声は、懇願(こんがん)しているようにも聞こえた。いつもなら笑って『大丈夫』と告(つ)げるのだが、今は多少のわがままを言っても許される、そんな気がした。

「じゃあね、一つだけ……」

瞬(まばた)きをした彼は、静かにうなずく。

「エドワードの手が冷たくて気持ちいいの。だから私が眠りにつくまで、側にいてほしい」

そう告げると、エドワードは少しはにかみ、満面の笑みを浮かべた。そして私の額にそっと触れる。

その優しさに、涙がにじんできた。だけど気づかれないように目を閉じる。

「あのね、体調悪いって、気づいてくれてありがとう」

体調が悪くても、我慢することに慣れていた。心配してくれる家族はいなくて、一人で寝込んでいると寂しくて、たまらなかった。だからいつも気丈なふりして、平気を装っていた。

だけど今はエドワードが側にいる。具合の悪い時に人が隣にいてくれるって、なんて心強いのだろう。

「リカのことなら、なんでも気づくさ」

そう答える彼の声は優しい。額に触れてくるのは男性の大きな手。少し目を開ければ、幼い頃と変わっていないスカイブルーの瞳が私を見つめていた。その瞳に映るのが自分だけだと思うと、胸の中に喜びが湧く。

その時、唐突に、胸の中にストンと落ちてきた。

ああ、私はエドワードのことが好きなんだ。

最初に出会った時、自分は彼とは不釣り合いだから、彼はいつか他の女性を見つけるだろうと思っていた。懐いてくるエドワードを可愛がりながらも、それでもいいと思っていたのだ。

だけど再会した彼は、変わらない真っ直ぐな気持ちをぶつけてくる。それに十年もの間、私を待っていてくれた。

「……エドワード、ありがとう」

誠実な態度に感謝を口にすると、彼は意を決したように声を絞り出した。

「リカは私のことをどう思っている？　リカの中では、まだ幼い頃のまま？」

自覚したばかりの恋心を見透かされたようで、内心焦った。私の返事を待っているエドワードは、どこか緊張している様子に見えた。

迷っていると、腕を掴まれたと同時に、上半身を起こされ、強く抱き寄せられる。私はそのままあっさりと、彼の胸の中に引きずり込まれた。

「もう、あの頃の私じゃない。リカと対等に恋ができる年齢だ。お願いだから今の自分を見てほしい」

シトラスの香りが鼻腔（びこう）をくすぐる。エドワードの放つ熱を、全身で感じていた。

本当はね、私もとっくに気づいていたの。再会してからエドワードに惹（ひ）かれていた自分がいたことを。だけど、恥ずかしさと戸惑いがあって自分の感情と向き合うことをやめていた。

彼の想いに素直に答えるのなら、今しかない。そう決断した私は口を開く。

「エドワード……」

絞り出した声を聞いたエドワードが、我に返ったように目を見開いた。

「ごめん。リカが弱っている時にこんな大事なことを聞くなんて。私は卑怯だな」

自嘲気味に笑ったあと、彼は片手で顔を押さえる。しばらくして顔を上げた彼は、私をそっとベッドに横たえた。

「今は無理に返事をしなくてもいい。それよりもゆっくり休んでほしい」

「でも……」

この勢いのまま気持ちを伝えようとしたけれど、一度機会を失ったせいか、なんだか口にできず、結局言えなかった。

「約束通り、眠るまで側にいるよ」

そう言って私の額に触れたエドワードの指先は、先ほどまでと違って、驚くほど熱くなっていた。まるで、私の熱が移ったみたいだ。

「氷枕を用意させる」

そう言って立ち上がった彼へ無意識に手を伸ばし、服の裾をしっかりと掴む。

「氷枕はいいの。それよりも約束」

エドワードは私がなにを言いたいのか察してくれたようで、美麗な顔にまぶしいほどの笑みを浮かべた。

「ああ。リカが眠ってからにしよう」

それを聞いて、ゆっくりと瞼(まぶた)を下ろす。エドワードがベッドの端に腰かけて、じっと私を見下ろしているのを感じた。

私の髪をそっとすくってくれる仕草で、エドワードがそこにいると実感できる。不思議とそれだけで安心できるし、どんな薬よりも効果的に思えた。

そして、私はそのまま眠りについた。

一晩休んだことで、少し体力が回復した。

私は基本的に健康だし、それに加えてエドワードが側にいてくれた。夢うつつでおぼろげだけど、ちゃんと覚えている。

額(ひたい)に手が添えられる感触、指先が頬を滑(すべ)る仕草。どのぐらい側にいてくれたのだろう。

私が目覚めた時には彼の姿はなかったけれど、あとから聞くところによれば、私の熱が下がったことを知り、執務室へ戻ったらしい。

エドワードも忙しいのに悪かったな。ベッドに横になったままそう思っていると、扉が叩かれた。

返事をすれば、顔を出したのは、カルディナとシンシアだった。

「具合は大丈夫？　もう、具合が悪いなら、早く言って！　私たちの間で遠慮はなしよ！」

怒り口調のカルディナだけど、私を心配しているからこそだ。

「だけど、お兄様はすぐに気づかれたわね。さすがだわ」

感心したように言うカルディナに、思わず頬が熱くなる。

「そ、そうね、エドワードは周囲をよく見ているからね」

「まあ、それもリカ限定よ」

カルディナは冷やかしながらも、持っていたバスケットを差し出した。

「みずみずしくて美味しい果実なの。あとで食べてちょうだい」

中から取り出されたのは、黄色くて丸い、フランヌという果実だった。部屋の中に甘酸っぱい香りが漂う。

「ありがとう。すごく美味しそうね。じゃあ、冷やしてくるわ」

そう言ってベッドから起き上がりかけた私を、シンシアは慌てて制した。

「無理をしてはいけないわ。今は安静にして」

確かにいくら熱が下がったとはいえ、まだ万全な状態ではない。お言葉に甘えてそのままベッドへ身を倒した。

「眠って起きたあとですぐ食べられるように、侍女に渡しておくわ。いい？　今はまず、ゆっくり体を休めるのよ。それに、昨日から心配性のお兄様が落ち着かなくて、皆が困っているのよ。だから早くよくなってね」

そう言うと、カルディナは部屋を出た。早速侍女にフランヌを渡しに行ったみたいだ。

せめてお見送りをしようと思い、身を起こす。

「リカ様、寝ていなきゃ」

シンシアは苦笑しながら、私の肩までシーツを引き上げた。

「シンシアもありがとう。なんだか皆に迷惑をかけて、申し訳ないわ」

力なくつぶやくと、シンシアは優しく微笑んだ。

「早くよくなって下さいね。エドワード様のためにも」

エドワードとの関係を冷やかされて、頬が熱くなる。まるで、熱がぶり返したみたいだ。

「ですけれども、肝心のリカ様の心はどうなのですか？」

ゆったりと首を傾げて聞いてくるシンシアに、言葉に詰まった。

「そ、それは」

正直に告白するのは、ためらわれた。一番大事な本人にも、まだ伝えていないのだ。

「ど、どうだろう。よくわからないわ」

なにかを聞きたそうなシンシアを前に、曖昧に笑って言葉を濁した。

そんな私を、シンシアはじっと見下ろしている。そして、スッと手を伸ばし、私の額に当てた。

「ああ、やはり額が熱いわ。また熱がぶり返してきたみたいですね」

指摘されると、本当に熱が再発した気がする。

「氷枕を用意してきますので、お休みになっていらして下さいな」

そう言うやいなや、シンシアも部屋から出ていった。本当に、いろいろな人のお世話になっていて、心苦しいばかりだ。

だけど、今できることは、早く回復することだけ。そう思った私はベッドの中でそっと目を閉じ、眠りについた。


それから二日が過ぎ、体調が回復した頃、医師の診察があった。

「熱は下がったようですし、食欲も戻ってきたのなら、もう起き上がっても大丈夫でしょう」

下された診断を聞いて嬉しくなる。やはり健康が一番だ。

久しぶりにベッドから起き上がり、元の生活に戻る。

顔を洗ったあと、鏡に映る自分の顔色を見て、だいぶよくなったと安堵した。

そしていつものように着替えていたところ、どこか違和感があり、何気なく首元に触れた。

「……」

おかしい。

慌てて鏡を見ると、いつも首からかけていたネックレスがなくなっていた。

首元を触っても、確かにない。

「どうしよう……！」

それに気づいた瞬間、顔がサーッと青くなったのが自分でもわかった。

そもそも、いつ失くしたの？　最後に見たのはいつだっけ？

落ち着いて、よく考えるのよ！　自分自身に言い聞かせてみるも、やはり動揺してしまう。

いつも肌身離さず身に付けていたので、自分で外したとは考えにくい。もしかしたら、ネックレスのチェーンが壊れたのかもしれない。

どうしたらいいのかわからず、泣きそうになりつつ悩んだ。

困ったことがあれば、自分に相談してほしいと言ったエドワード。

だが、さすがにこの件ばかりはエドワードに相談するわけにはいかない。そもそも、あの指輪はエドワードから贈られた、最初のプレゼントだ。

『付けていてくれたんだ』

そう言ってはにかむように微笑んだエドワードが脳裏をちらつく。

「よし、悩むより行動しよう」

顔を上げた私は、朝食を軽く済ませると、すぐさま部屋から出た。

私の行動範囲は限られている。

洗面台の下やソファの上、寝室のベッドと、思いつく場所を探して歩く。移動の際、廊下を歩く時は、下を見ながら歩いた。

だが、半日かけて探しても見つからなかった。

このまま出てこなかったら、どうしよう……。弱気になって、涙ぐんでしまう。

「リカ様、背筋を伸ばして下さい」

その時、声をかけられて、ハッと我に返る。振り返れば、そこにいたのはシンシアだった。

「下ばかり向いて、どうなされたのですか？　なにか落とし物でもなさったのですか？」

親切な声を聞いて、それまで堪えていた涙がこぼれ落ちる。

「まずは、落ち着いて下さい。立ち話もなんですから、リカ様のお部屋に戻りましょう」

シンシアは私の涙を見ても冷静に対処し、部屋まで連れ帰ってくれた。

結局、そのままシンシアに相談することになった。

「……指輪ですか」

「そうなの、肌身離さず付けていたはずなのに、消えてしまったの。見つからなければ、エドワードに合わせる顔がないわ」

がっくりとうなだれる私に、シンシアがフォローしてくれる。

「まだあきらめるのは早いですよ。どこかにあるはずです。まずは、これまでの行動を思い出しましょう。最後に指輪を確認した場所は？」

ここ数日は寝込んでいたので記憶が曖昧だが、ネックレスを最後に確認したのは確か――

「湖に行った時は、確実にあったわ」

「湖ですか？」

首を傾げたシンシアに、湖に行った日のことを説明した。

「だけど橋も渡ったし、もし湖に落ちていたら、見つからないかもしれない……」

「こうなったら、思いつく場所をすべて探しましょう」

親身になってくれるシンシアに、また泣きそうだ。

「まずは、湖まで行きましょう」

湖へ行くことに、エドワードはあまりいい顔をしない。そこで私が一度消えているから、心配なんだと思う。

でも、今はそんなことを言っていられない。それに、シンシアもいるから大丈夫だ。一人じゃない。

「あのね、できればこっそり行きたいの」

指輪を失くしただなんて、周囲には絶対に秘密にしなくては。シンシアにそう告げると、それだけで理解してくれたようだ。

「わかりました。午後のマナーのレッスンの時間に、勉強すると見せかけて、個々に部屋から抜け出しましょう。そして、こっそり湖の塔で待ち合わせるんです」

シンシアの提案を聞き、彼女は意外に度胸があるのだと驚いた。瞬きをしている私を見て、シンシアは肩をすくめた。

「もし、二人で出かけたのがばれてしまったら、その時に、きちんと理由を話せばいいのです。それなら納得してくれるでしょう」

湖に行ったのが知られたら、きっと理由を聞かれる。そしたら指輪を失くしたことがばれてしまう。それだけは避けたい。ならば、うまくやるしかないだろう。

それにそんな長時間湖にいる必要はない。確認してすぐに帰ってくればいいのだ。

「ありがとう」

親身になってアドバイスをしてくれた彼女に、お礼を言った。

午後になり、私はシンシアからレッスンを受けるという口実で、部屋へ閉じこもった。

こうすればしばらくは、誰も部屋に近寄らない。私とシンシアは示し合わせて、順番に部屋を抜け出した。

シンシアと落ち合う場所は、湖の塔。誰にも知られずに、決行できますように。

そしてなによりも、指輪が見つかりますように……!!

はやる気持ちで足を進める。

辿り着いた湖は、相変わらず光を反射してキラキラと輝いていた。

だが、今は見とれている暇はないと、ひたすら塔を目指す。

先に部屋から出ていったシンシアは、もう到着しているだろう。彼女にばかり探させては申し訳ない。

そう考えつつ、恐る恐るつり橋へ足をかける。

ぐらぐらと揺れる足元は不安定で、正直怖い。だけど、ここも歩いたのだ。もしかしたらと思って、下を見ながら歩く。

だが、それらしきものは見つからなかった。やはり、そう簡単には見つからないか。

だとすれば、やっぱりもう一度塔を登るしかない。

意を決して、扉に手をかける。思ったより重い扉を押し開いて、少しだけ顔をのぞかせると、塔の中の湿った空気を感じた。

シンシアはこの上で、私を待っているのかもしれない。

長く続く階段を前にして、私は迷った。

『一人ではこの湖に近づかないで』

急に、エドワードとの約束を思い出したからだ。

でも、私の失敗にシンシアを付き合わせている。悩んでいる暇はない。

急な階段を、息を切らしながら上り終え、頂上に辿り着いた。大きな窓から入ってくる風は、汗ばんだ体に心地よい。

ホッとして辺りを見回すと、部屋の隅(すみ)に人が立っていることにようやく気づいた。

「シンシア？」

見慣れたその姿に声をかけると、彼女はゆっくりと振り向く。

「待っていましたわ」

そこでシンシアは、手をすっと差し出した。そこに細い金のチェーンが光っている。

「あっ、それ！」

やっぱり、この塔で落としたのだ。私は、はしゃいだ声を上げた。

「ありがとう」

お礼を言って、指輪を受け取ろうと手を伸ばすと、シンシアは手をサッと引っ込める。

「ごめんなさい。だけどこの指輪は、渡せないの」

静かにつぶやいたあと、彼女は胸元で指輪を握りしめた。

「あなたが体調を崩した時、無防備にも私の前で眠るからよ」

「えっ……」

それはいったい、どういう意味？　失くしたと思っていた指輪は、シンシアが持っていたの？

「リカ様、お願いがあります」

前を向いた彼女の表情は強張っていた。私も、思わず硬直してしまう。

「あなたのいた世界へ帰ってほしいの。もうこの国には来ないで」

想像すらしていなかった言葉に、息を呑んだ。どうして？　私たち、友達としてうまくやっていたじゃない。それとも、友達だと思っていたのは私だけだったの？

なにかの聞き間違いかもしれないと、信じられない気持ちで彼女を見つめた。

だが、目の前に立つシンシアの表情は冷たく、いつもの彼女ではない。

しばらく戸惑っていた私だが、彼女の言葉は、まぎれもない本心だとわかった。彼女の目が、強い意思を宿していたから——

「どうして……？」

震える声を絞り出し、それだけ言うのがやっとだった。

「あなたなんて、戻ってこなければよかったのに」

苦しそうに絞り出された言葉を聞き、身動きが取れなくなる。

「私がなぜそう言うのか、理解できないって顔をしているわね」

そこでシンシアは、淡々と言葉を吐き出した。

「十年前にあなたが帰るように仕向けたのも私よ」

「えっ⁉」

シンシアの告白を聞き、声が裏返るほど驚いた。あの時は、カルディナに投げられた指輪を探して湖に入ったら体が透けはじめ、気づけば元の世界に戻っていたのだ。

「カルディナをそそのかしたの。『大事なお兄様がとられてもいいの？　嫌じゃないの？』って。ラナルディア湖が、異世界と通じる湖だって言い伝えられていることも教えたわ。そしたら、まんまと思った通りの行動をしてくれた。まさかあそこまでうまくいくなんて思わなくて、私も驚いたわ」

目の前にいる彼女は、いったい誰なの？　私の知っているシンシアじゃない。

「だけど予想外だったのは、あなたが戻ってきたこと。それも時の流れが違うとかの理由で、エドワード様と釣り合いが取れる年齢になって!!」

突如として激しい剣幕を見せたシンシアに、肩が震えた。そして、恐る恐る口を開く。

「なぜ、こんなことをするの？　もしかしてエドワードのことが好きなの？」

自分で聞きながら、心臓が締めつけられているかのような感覚に陥る。

「好きだとか、そんな感情はないわ。でも、私にはエドワード様が必要なの。あなたが戻ってこなければ、彼の隣にいるのは私だったのに!!」

そこでカルディナの言葉を思い出す。

『だからこそお兄様の花嫁候補に挙がって……』

確かに、カルディナはそう言っていた。

「私がエドワード様と結婚すれば、やっと私は価値を見いだしてもらえる」

歪んだ言い分を聞き、カッとなった私は思わず叫んでいた。

「自分の価値を確認するために、エドワードと結婚するというの？」

「あなたも迷っていたじゃない。元の世界に戻りたくはないの!?」

もう、迷うことなく答えられた。

「エドワードの側にいるわ!!」

勝手に離れないし、側にいる。彼とそう約束した。彼をまた長い年月待たせるわけにはいかない。

「そう……」

シンシアは私の勢いに圧されたのか、少しだけ弱気な声を出した。そして視線を私の後方へと向ける。すると、誰かが階段を上ってくる足音が響いてきた。

いったい、誰!? 緊迫した空気を感じて、足が震える。

「遅かったのね」

シンシアが優しく微笑みかけた先で、姿を現したのはレナードだった。

彼に背後に立たれ、逃げ場がなくなった私はますます混乱する。

「レナード、お願い。この湖にリカ様を落としてほしいの。一度成功しているのだもの、再び帰れるかもしれないじゃない」

それを聞いた私は、いったいなにを言い出すのだと、慌てて力の限り叫んだ。

「む、無理!!」

結構な高さがあるこの場所から落ちては、命だって危ないかもしれないじゃないか！

「あなたが悪いのよ。はっきりしない態度で周囲を惑わせるから。あなたが迷っていたのは、皆が知っていた。だから急にいなくなっても不思議に思わないわ」

そうつぶやいて近寄ってくるシンシアと、なにも言わず背後に立つレナードが怖い。

まさか二人で組んで、私を帰そうと目論(もくろ)んでいるの？

すぐに距離を詰められ、シンシアに腕を取られた。背後にいるレナードも、私の両肩を掴む。

「ねえ、お願い。私のために帰って。今度こそ幸せになりたいの」

「いやっ！」

全身に力を入れて、精一杯の反抗を示す。

「そんな考え、間違っている!!　そんな人に、私のエドワードは渡さない!!」

それでも、拘束(こうそく)はびくともしない。このまま、この世界から姿を消すのだろうか。

悔しくて唇を噛(か)みしめる。涙がにじむ目を瞑(つぶ)った、その時——

「待て!!」

聞き慣れた声が響いた。私は目を見開き、そちらへ顔を向ける。

「エドワード!!」

その姿を確認した瞬間、二人の手が離れ、私は膝から力が抜けた。

荒い息遣いで、彼がここまで走ってきたのだとわかった。汗をかいているのか、長めのブロンドが首に張りついている。

エドワードは私に視線を向けると、すぐさまシンシアと対峙した。

「やれやれ、遅いですよ、王子様」

ホッとしたような声を出したのは、レナードだ。

意味がわからず振り返ってその顔を見つめると、レナードは肩をすくめた。

直後、エドワードがシンシアに語りかける。

「シンシア。申し訳ないが、君のことを疑っていた。そう、十年前にリカが消えてからずっと。リカが消えたのは、ただの偶然ではないと思っていたんだ。変な噂を流し、リカが狙われるように仕向けたのも、リカが私の花嫁としてふさわしくないと周囲に思わせるためだろう？」

「……」

「なぜリカを狙う？　返答次第では君を許さない」

強い口調で言い放つエドワードを見つめながら、私はこれまでのことを思い返していた。

だからエドワードは私が一人になるのを嫌ったの？　執務の合間にちょくちょく顔を見に来ていたのは、シンシアを見張るためもあったの？

息を呑んで見守っていると、うつむいていたシンシアが顔を上げた。

「私の気持ちは、誰にもわからないわ」

一歩後ずさったシンシアの前に、エドワードが私を庇うように立ちはだかる。

私を見るシンシアの瞳は、悲しげな色が宿っていた。

「シンシア」

思わず声をかけると、シンシアは首を横に振り、私を真っ直ぐに見据えた。

「あなたがうらやましい。そして……」

彼女がなにかをつぶやいた。けれど、その声は聞こえない。

シンシアは、誰もが見とれるような笑みを浮かべ、再び口を開く。

「こうするのが、一番手っ取り早いわ」

言い終わらないうちに、窓枠へ駆け寄り、足をかけたシンシア。

「危ない！　なにをするつもりなの!?」

シンシアは私の質問には答えずに、こちらへ視線を投げた。そして、つぶやく。

『ごめんなさい』

悲しげな、だけど吹っ切れたような表情と、唇の動きを読み取って、ハッとした。

その瞬間、私はエドワードを押し退けて走り出し、とっさにシンシアへ手を伸ばしていた。シンシアは迷うことなく窓枠を蹴り、湖へその身を投げる。

「リカ!!」

エドワードが叫ぶ声。でも、私は振り返らない。

私の知っているシンシアは親切で、いつも優しく微笑んでいた。

そんな彼女がなぜこんな行動に走ったのか、その理由が知りたい。謝罪するってことは、後悔しているということでしょう？

シンシアの考えていることを聞かせてほしいの――!!

彼女を助けようと、窓枠から腕を伸ばす。だが、彼女の手を掴んだと安堵した瞬間、重みで私も窓枠から滑り、そのまま二人で湖へ落下する。

湖に落ちるまでは、時の流れがゆっくりと感じられた。まるで、周囲の景色が止まったみたいだ。

シンシアは悲痛な面持ちで目をギュッと瞑(つぶ)っている。窓枠から、半身を乗り出しているエドワードが視界に入った。

彼は目を見開き、必死に私の名を呼んでいた。

そして、激しい水しぶきが上がると同時に、すべての音が遮断された。

第六章　十年越しの返事

湖に落ちた――

それと同時に、突如目の前に広がる、花畑の光景。色とりどりの花々が咲き乱れ、周囲を蝶（ちょう）が飛んでいる。そこでしゃがみ込んで遊ぶ、少年と少女の姿があった。

「レナード、はいどうぞ。できたわ」

そう言って笑みを見せた少女は、シンシアだった。年齢は十二歳ぐらいだろうか。無邪気な笑顔がとても可愛らしい。

「男なのに花かんむりなんて、いらない」

若干嫌そうにしているのは、あのレナードだった。彼も、幼い姿をしている。驚いて言葉を発しようとしたけれど、二人には私が見えていないようだった。

これは私が一方的に見ている夢なの？

不思議に思っている間も、二人の会話は進んでいく。

「そんなこと言わないでよ。はい」

半ば強引に彼の頭に花かんむりを被せたシンシア。驚いたことに、レナードはしぶしぶながらも、素直に花かんむりを被ったままだ。

そういえば、彼らは幼馴染だと聞いたことがあった。

「そんなことより、大丈夫か？」

レナードが心配そうな声を出した。

「うん。あのね、新しいお母様には息子が一人いらっしゃるの。私の異母弟なんだそうよ。仲良くしなくちゃね」

年齢よりも大人びた表情のシンシア。だがそう言って微笑む姿は痛々しくて、本心じゃないようにも思えた。

「……俺、シンシアが困ったら、必ず助けるから」

「どうしたの、急に」

首を傾げたシンシアと、彼女を真っ直ぐに見つめるレナード。

「なにがあっても、俺はシンシアの味方だから」

「ありがとう。それはすごく嬉しい」

そこでシンシアはスッと小指を立て、レナードへ差し出した。

「じゃあ、私とこれからも、仲良くして」

「ああ、シンシア。約束する」

「ずっと側にいてね。そして私が間違ったことをしたら、叱って。亡くなったお母様の分まで」

お互いの小指を絡ませると、二人は約束を交わし、微笑みあった。


そこで急に場面が切り替わった。

部屋にいる中年の男性がシンシアに近づく。男性の顔の作りは、どことなくシンシアに似ていた。彼女の父親なのだと、すぐにわかった。

「今から皆で出かけるが、シンシア、お前は――」

「私は行きません」

父の言葉を強い口調で遮ったシンシアの表情は硬い。シンシアの父親はそんな彼女にどう言葉をかけていいのかわからず、戸惑っている風にも見えた。

「では行ってくる」

「ええ」

シンシアはそう答え、部屋から出ていく父親を見送ったあと、机に向かう。

しばらくするとシンシアは窓辺に立ち、外を見た。

彼女の視線の先にいたのは父親と女性、そして子供だ。きっとシンシアの家族なのだろう。三人が出かける光景を、部屋の窓からじっと見ているのだ。はしゃぐ子供を笑ってたしなめる父と、静かに微笑みながら、その光景を見守っている母親。はたからは、すごく幸せそうな家族に見えた。

やがてシンシアは窓にクルリと背を向けると、再度机に向かう。

羽ペンを握りしめ、紙に丁寧に文字を記していた。どうやら勉強しているらしい。黙々と羽ペンを動かし続ける彼女の顔に、感情の色はなかった。すべての思いを押し殺しているかのようにも見える。

扉の外から、侍女のおしゃべりする声が聞こえてきた。

『またシンシア様を一人残して、旦那様はお出かけしているの？　それってひどいわ。シンシア様、可哀想』

『シッ！　声が大きいわよ』

『だって、あんまりじゃない。奥様の喪が明けないうちに、愛人だった女性と隠し子を屋敷に入れるだなんて』

『まあ、亡くなられた奥様とは政略結婚だったからね。だけど、あまり余計なことを口にしてはダメよ。どこかで誰かに聞かれて、にらまれたら面倒だわ。私たちは仕事をこなすだけでいいの。変な同情は禁物よ』

『そうよね。でも、本当にお可哀想なシンシア様』

羽ペンを滑らせる音が部屋に響く中、シンシアは顔を上げた。彼女は手を休め、深くため息をつく。

「……聞こえているわよ、私に味方はいないって、わかってる」

下唇を噛んだあと、シンシアは再び羽ペンを走らせた。

「こうやって勉強を頑張れば、父も、私を少しは認めてくれるのかしら」

ポツリとつぶやいた言葉は彼女の本音だろう。

広い部屋の中、手元を照らすランプの明かりが、やけに寂しそうに見えた。


やがてまた、場面が切り替わる。

シンシアの父親が部屋の中央にあるソファに腰かけて、目の前にいる娘になにかを言っている。

「シンシア、もうすぐ王子の花嫁召喚の儀式が行われるらしい。だが、あれは形だけだ。どうせ現れることなどない。勝負はそのあとにかかっているのだ。花嫁候補としてエドワード様の目に留まるようにするのだぞ」

「――はい、お父様」

小さく返事をしたシンシアの瞳からは、輝きが消えていた。

そんな彼女の様子に気づかずに、父親は話を続ける。

「それはそうと、夜遅くまで部屋の明かりがついていると、侍女から報告を受けているが、なにをしているのだ？」

「勉強をしています」

「勉強？　そんなものしなくていい。お前には必要ないだろう」

シンシアの頑張りを即座に否定するなんて、ひどいと思う。彼女がどんなに父親に認めてもらいたいと思っているのかも知らずに――

「勉強など、弟のランドールに任せておけばいい。あれが正統な跡継ぎだ」

シンシアは反論もせず、静かに父の言葉に耳を傾けていた。

「もう一度言うが、王子の目に留まるように努力するのだぞ」

父は大きな声でプレッシャーを与えてくる。

「はい」

彼女はそれに大人しく返事をしたあと、うつむいた。

強く念を押したことで満足したのだろう父親は、部屋から出ていく。扉が閉まる音がすると、シンシア一人がポツンと取り残された。

「いつもは私の存在なんて無視している癖に、都合のいい時だけは思い出すのね。王族と繋がりを持ちたいから、必死になっているだけでしょう」

彼女はギュッと唇を噛みしめ、手を握る。

「いいわ、お父様が望むように、エドワード様の花嫁の座を狙うわ。仮に召喚の花嫁が現れたとしても、関係ない。エドワード様をあきらめないわ。エドワード様に選ばれたその時こそ、父はきっと私のことを見てくれる」

シンシアの誓いを聞いて、胸が苦しくなった。

激しい口調とは裏腹に、本心はちっともそう思っていないことがわかったからだ。

涙のにじむ目や、ギュッと真一文字に結ばれた唇には、悲しみが満ちていた。

そして、そこから先のシンシアの記憶も見えてしまった。

私を帰そうと、カルディナを誘導したこと。

だけど、友人である彼女を利用するのに、心の中で葛藤していたこと。

その策がうまくいき、私がいなくなった時は喜んだ。だけど、自分のせいだと悲しむカルディナを見て、罪悪感で眠れない夜が続いた。

シンシアは、本当はこんな醜い感情を持つ自分を、誰かに止めてほしいと思っていた。

彼女の記憶の中の、母親の最後の微笑みが、私の脳裏にも浮かぶ。

『シンシア、幸せになってね』

同時に、シンシアの感情が流れ込んできた。

──お母様、ごめんなさい。

──自分の幸せを第一になんて、考えられない。どんどん醜くなっていく。

──こんな自分をやめてしまいたい。どこにも居場所がないの。苦しい感情が浄化しきれなくて切ない。

──いっそ、お母様の側に行けたのなら……

シンシアの感情をすべて受け止めると、胸が苦しくなった。

その時、急に意識が浮上する──

「リカ！」

遠くで名を呼ばれている気がする。うっすらと目を開ければ、エドワードが必死な表情で私を見下ろしていた。

彼の前髪から、ポタポタと水の滴が落ちている。

「リカ……！」

ギュッと抱きしめられ、初めて自分が全身ずぶ濡れだと気づいた。それにエドワードもずいぶん濡れている。

視界に入った湖と塔をぼんやりと眺めていると、ハッと気づいた。

「私、あそこから落ちて……」

起き上がって周囲を見回したところ、シンシアの側にはレナードがいる。シンシアも全身が濡れていたけれど、意識はあるようだ。

「よかった……！」

彼女が無事だったことに安心していると、肩をギュッと掴まれた。同時に強い力で真正面を向かされる。

「よくない！　どうしてあんな高い場所から飛び降りた⁉　下手をすれば死ぬところだったんだぞ！」

エドワードは本気で怒っている。ここまで怒っている彼を見たのは初めてだ。その迫力に圧倒されて、正直怖くて泣きそうになる。だが、私はあることに気づき、肩に置かれた手にそっと触れた。

「エドワード……？」

彼は小刻みに震えていたのだ。

「頼むから、もっと自分を大切にしてくれ！」

彼の広い胸にかき抱かれた。絞り出された声は、悲痛な叫びのようにも聞こえた。

そっと手を伸ばし、彼の背を抱きしめる。

「大丈夫、ここにいるわ。どこにも行かないから」

彼は、私と離れていた日々を思い出し、再び私を失うことを恐れているのだ。

「ごめんなさい。心配かけたわね」

そう言って、背中をさすり続けた。

レナードが、シンシアを横抱きにした姿が視界に入る。

「申し訳ありません。彼女を部屋に運びます。逃げはしないでしょう」

「……ああ」

「至急、レイモンド家にも連絡を入れます」

エドワードが了解すると、レナードはうやうやしく頭を下げる。そして腕に抱くシンシアを見つめたあと、皆に背を向けた。

「リカも行こう。着替えなければ風邪をひく」

幾分落ち着きを取り戻したエドワードに連れられ、私もまた、城へ戻ったのだった。

それから湯あみをし、急いで着替えた。もうすぐ夜を迎えるため、窓の外は薄暗い。

体が温まったところで、エドワードが待つ部屋へ向かう。扉を開けると、険しい表情のエドワードがいた。目で合図を送られたので、彼の隣のソファへ腰かけた。

そこで、まずは素直に謝罪する。

「心配かけてごめんなさい。とっさに体が動いたの。でも、あそこで動かなければきっと後悔していた」

そう、考えるより先に体が動いたのだ。シンシアを助けなければ、って思った。

だが、結果的に彼女を救ったのは私じゃない。周りを混乱させただけ。おまけにエドワードを不安にさせた。

申し訳なくなり、そっと手を伸ばす。

彼の頬に触れると、体がビクンと震えたのがわかった。

「ごめんね」

再び謝罪を口にすれば、エドワードが私の腕を掴んだ。

ハッとして彼を見つめると、スカイブルーの瞳が鋭い眼光を放っていた。

「エドワード?」

彼の名を呼べば、その胸にかき抱かれた。

力強く抱きしめられ、心臓の鼓動が速くなる。

エドワードの香りは、いつもなら心が安らぐのに、こんなに近くてはちっとも休まらない。むしろ逆だ。

彼の胸にすっぽりと包まれて固まっていたところ、頭上から声が降ってくる。

「すごく後悔していることがある」

「後悔？」

たずねると、彼はコクリとうなずいた。

「十年前、湖でリカが消えた時のこと。あの時、リカを守れなかったと苦しんだ。だが、後悔しても、もうあの時には戻れない。今こうやってリカが目の前にいることが夢みたいに思えるけど、現実なんだ。それならば過去を悔やむことはやめ、同じ過ちを犯さないと誓った」

「過ちって？」

「リカを害するすべてから、リカを守る」

いつの間にか大人になったエドワード。

背が伸びて手足は長く、胸板も厚くなって、逞しく成長した。それと同時に彼の内面も、立派に成長した。もう彼はあの頃の子供じゃない。立派な大人なのだ。

真っ直ぐに気持ちを伝えてくるエドワードはぶれない。

それに対して、私は彼に自分の想いをはっきりと伝えたことはなかった。

今まではごまかしてばかりいたけれど、このままではいけない。素直になるべきだ。

私は彼の胸から、おずおずと顔を上げる。そして彼の瞳を見つめ返し、口を開いた。

「エドワード、これからもあなたの側にいたい」

そう告げた途端、目を見開いた彼に、私は言葉を続けた。

「離れていた十年間は悔やんでも戻ってはこない。だけど、これから先の人生はずっと一緒にいてほしい」

最後まで言い切らないうちに、再びエドワードに体をかき抱かれ、全身で感じる彼の体温と、その心地よさに酔いしれた。

しばらく身を委ねていた私は、おずおずと顔を上げる。

私は、彼に伝えるべきことがあった。

「あのね、聞いてほしいの、エドワード。私の家族についてなのだけど……」

戸惑いながらも口にすると、真面目な話だと察したのかエドワードは姿勢を正す。彼は優しい眼差しで私を見つめていた。

「数年前に事故で亡くなっているの。両親が亡くなった時、親戚で誰が私を引き取るかで揉めたわ。だけど皆、それぞれ事情があって決まらなかったから、ずっと一人で暮らしていたの」

両親の葬式が終わった夜、親戚が集まり相談している声が聞こえてきた。

『うちはまだ子供が小さいから』

『うちだって、部屋は空いていないわ』

皆から『いらない』と言われているようで、悲しかった。

だから、いっそ一人で生きていこうと決めた。

もともと、共働きだった親に代わって家事だってしていた。両親の残してくれた貯金でやりくりできるはずだし、高校だってもうすぐ卒業だ。

そしてはじまった一人暮らし。寂しいなんて思う暇がないように、ひたすらバイトのシフトを入れた。お金が必要だったわけじゃなく、忙しければ寂しさを紛らわすことができたから。そのせいで、最初にこの世界にきた時、気がかりはバイトぐらいだった。

それもあって、幼いエドワードの側にいようという決断も、わりとあっさり決めた。

思えば私も愛情に飢えていたのだ。

一人暮らしは気ままで、時折、誰もいない部屋に帰るのは寂しいと思っていた程度だった。——エドワードと出会うまでは。

エドワードと離れて過ごした四ケ月間で、私は孤独に耐えられなくなっていた。

彼が側にいてくれる生活に、慣れてしまっていたのだ。

私は孤独に慣れていたんじゃない。慣れようとしていただけなのだ。

そう実感した夜は、涙が止まらなかった。

眠る前のおしゃべりもカードゲームも、エドワードと過ごす時間はすべてかけがえのない時間だったと、失ってから気づいた。

寂しい夜はペンダントトップを握りしめ、いつか再会できることを願っていた。

だから、自分でも不思議なぐらい、元の世界への未練はない。

再会した当初は、子供だった彼が大人になっていたので困惑したけれど、今のエドワードでも、幼い頃の彼でもいい。彼は彼だ。子供でも大人でも、エドワードの側にいたい。

幼い頃、いつなら本気になるのかと聞いてきたエドワード。今なら答えられるわ。

「エドワードのことが、好きよ」

「リカ」

頬にそっと触れてくるエドワードの手は大きくて、男性なのだと感じる。彼が指を滑(すべ)らせた感覚がこそばゆくて、小さく笑った。

指先が顎(あご)に触れ、上を向かされる。視界に入ってきた彼の表情を見て、ドキッとすると同時に心臓が高鳴り出した。

徐々にエドワードの顔が近づいてくる。潤んだスカイブルーの瞳に吸い込まれそう。

それでも見つめ続けていると、彼は困ったように苦笑した。

「そんなに見つめなくても」

「だって、すごく綺麗なんだもの」

彼の瞳は本当に素敵だ。思ったままを告げると、いきなり唇に柔らかい感触があった。

一瞬で離れた唇に驚いていると、エドワードは優しく微笑んだ。

「そんなことを言うリカの方が綺麗だ」

赤面ものの台詞をサラッと口にする彼に、動揺しつつも取り繕う。

「なに言ってるのよ。私より綺麗な顔をしている癖に」

「こう見えても男だから、綺麗と言われても複雑だな」

エドワードはそう言って苦笑するけれど、それは贅沢だわ。

笑っていると、再び彼の顔が近づいてきたので、そっと目を閉じた。

優しく触れ合うだけの口づけは、徐々に熱を帯びる。情熱的に口内を探られて、体の芯から火照ってきた。高揚して、エドワードを求める気持ちが止まらない。

彼にもその想いが通じたのか、息もできないほど深く貪られた。

そして唇が離れた時、吐息が漏(も)れ出た。クラクラしてうつむくと、顎(あご)に指が添えられる。

そのままそっと持ち上げられ、額(ひたい)からこめかみ、そして頬へと、口づけの嵐はやまない。

くすぐったくなって笑う私を見つめ、エドワードは今度は耳へ口づけを落とす。

それもこそばゆくて、背筋が震えた。エドワードも気づいたようで、クスリと笑ったあと、薄い唇を開く。

「誰よりも綺麗だと思っているよ、リカ」

エドワードのささやきを耳元で聞き、さらに全身が熱くなるのを感じた。


そして翌朝になり、私はすぐにエドワードへ、あることをお願いした。

「シンシアに会わせてほしいの」

彼女が自分の屋敷に軟禁(なんきん)され、今は処分を待っているのだと聞いたら、いてもたってもいられなかったのだ。

エドワードはすぐには首を縦に振らなかった。だけど半日粘(ねば)ったら、シンシアに会うその場に、エドワードも同伴するという条件で、面会を許してくれた。

その日の午後、シンシアは父親であるレイモンド侯爵に連れられてきた。

レイモンド侯爵は憔悴(しょうすい)しきっていて、顔色が悪い。

その横に無表情で立つシンシアの顔からは、なにを考えているのか読めなかった。背筋を伸ばし真っ直ぐ前を見据える彼女は、どんな罰でも受け入れる覚悟ができているようにも見える。

「私はまた、シンシアに礼儀作法を教えてもらいたい」

重い雰囲気の中、私がそう切り出せば、皆が呆気にとられた。それまで無表情だったシンシアもさすがに呆れた様子で、瞬きを繰り返している。

「シンシアは私のペースに合わせて教えてくれた。すごく勉強になったと思って、感謝しているの」

私のその言葉に食いついたのはレイモンド侯爵だった。

「そ、それはぜひ、娘でお役に立つのでしたら……!!」

意気込むレイモンド侯爵へ、エドワードは険しい視線を向けた。きっと私の考えに同意できないのだと思う。でも説き伏せてみせる。

「私はぜひ、シンシアにお願いしたいと思っているわ」

エドワードのなにか言いたげな視線は気づかないふりをしていたが、ついに彼が口を開いた。

「私は反対だ」

エドワードの口調からは、強い決意を感じた。

「あのような事件を起こし、到底信用できない。どんなに長い付き合いがあったにせよ、一度でも裏切れば、それまでだ」

その声に込められた怒りに、レイモンド侯爵は息を呑んだ。

だが、ここで引き下がってはいられない。

「だけど、シンシアは友人だと思っているから」

はっきりと口にすると、周囲が静まり返った。

そこでクスッと、小さな笑い声が聞こえる。笑ったのはシンシアだった。その声は徐々に大きくなり、やがて、緊迫した場にふさわしくないほどになった。

「やめなさい！」

彼女はレイモンド侯爵の制止も聞かず、しばらく笑い続けたあと、ようやく静かになった。私とエドワードは、そんな彼女を無言で見つめる。

「ああ、おかしい。あまりにもおめでたくって、お腹の底から笑ってしまったわ」

その言葉通り、シンシアの目にはうっすらと涙が浮かんでいた。

「私とお友達ですって？　甘い考えね」

キッときつい眼差しでこちらを見据えたシンシアと、静かに対峙する。

「私、あなたのことが大嫌いよ。召喚の花嫁だと騒がれて、身分も名誉も約束されているような恵まれた人に、私の気持ちなんて永遠にわからない。理解してほしいとも思わないわ」

こんなに激しい感情を口にするシンシアは、初めて見た。だが、これが彼女の本音なのだ。

「それが友達ですって？　同情なんてやめて。大きな声で叫べばいいじゃない。『私はシンシアに消されるところでした』って。そしてさっさと私のことを罰すればいいのよ」

意地悪く言い放ったシンシアに、レイモンド侯爵は鋭い視線を向けた。

「シンシア、お前にはなに不自由ない暮らしを送らせていたのに、あのようなことをしでかすなど、いったいなにが不満だ！」

レイモンド侯爵は、握りしめた拳を震わせ、憤慨している。

「なにが不満かですって？　それを聞くの？　お父様」

姿勢を正した彼女は、凛とした態度のままだ。

「すべてよ、すべてが不満なのよ、お父様。お母様亡きあと、すぐに新しい妻を娶ったこと。その連れ子はお父様の血を引くということ。これって病で苦しむお母様を、陰で裏切っていたってことよね」

侯爵の返答はない。つまり図星ということだ。

「お父様は家族三人で楽しく過ごし、私はあの屋敷に居場所がなかった。厄介者として日頃は無視している癖に、エドワード様の花嫁候補を探している時だけ、私の存在を思い出したのよね。私の結婚を糧に、のし上がりたいだけでしょう？」

言葉を紡ぎ続けるシンシアは、長年ため込んでいた感情を、やっと吐き出しているように見えた。

「お父様は繰り返し言っていた。エドワード様の花嫁に選ばれるよう努力しろって。花嫁にならなきゃ、まるで私には価値がないみたいに感じていたわ。だからこそ、リカ様が邪魔だった。彼女さえいなければ私にだってまだチャンスはあると思ったの」

シンシアはグッと唇を噛みしめ、喉の奥から声を絞り出した。

「それに、私がエドワード様の花嫁になれば、お父様は私のことだって見てくれるじゃない……!!」

悲痛な思いを吐き出す彼女の顔が、泣き出しそうに歪んだ。

「それも叶わないならいっそのこと、すべて壊れてしまえばいいと考えていた」

そう言い切った彼女は、吹っ切れた清々しい表情をしていた。対する父親はただ呆然と、自分の娘を見つめている。

「エドワード様、私に罰を与えて下さい。あなたの大事な方を傷つけようとしたのは事実なのですから」

はっきりと口にして、顔を上げたシンシア。この空間に再び沈黙が落ちる。

悲痛な面持ちをしていたレイモンド侯爵は、やがて静かに息を吐き出し、意を決したようにエドワードに向き合った。

そしてゆっくりと、その場で頭を下げる。

「エドワード様。申し訳ありません。娘の罰は私が受けます」

「なにを言っているの!?」

シンシアが驚きに目を見開きながら叫んだ。静かに首を横に振ったレイモンド侯爵は、言葉を続けた。

「妻が亡くなり、殻に閉じこもっていくシンシアに、どう対応すればいいのか悩んだ時期もありました。正直に告白すると私自身、娘との心の距離を感じていたのです。確かに屋敷では肩身の狭い思いをさせていたでしょう。だからこそ、立派な方のもとへ嫁げば、幸せになれると思っていました。だが、それがすべて間違いだったとようやく気づいた私は、愚か者です」

レイモンド侯爵は次に、シンシアを見る。彼が娘に向かって静かに頭を下げると、シンシアの肩がビクリと震えた。

「思えば、父親らしいことをなに一つしてやれなかった。お前が求めていたのは、高い身分でも立派な結婚相手でもなく、家族だったのだな。この件は私の責任だ。お前にしてやれることは、これぐらいしかないだろう」

唇をギュッと噛みしめて下を向くシンシアの姿は、涙を堪えているようにも見える。

やがてキッと鋭い眼差しと共に、彼女は顔を上げた。

「なによ、今さら父親面なんてしないでよ!!」

泣きながらも、シンシアは訴え続けた。

「お父様はいつだってずるい！」

彼女はレイモンド侯爵へ詰め寄ると、その胸をドンと押す。レイモンド侯爵は倒れずに、娘の拳を受け止めた。

「私だってお父様に見てもらいたかった、お母様を亡くした悲しみを共有したかった。なのに自分は、さっさと新しい家族を作って!!」

「すまない」

レイモンド侯爵の謝罪を聞くと、シンシアはさらに止まらなくなった。

「私は認められたかった。お前のことも大事に思っていると、言ってほしかった!!　それが叶わないなら、いっそのこと家族なんていらないとさえ思ったのに！」

レイモンド侯爵に掴みかかるシンシアは、父親の胸を叩き続けた。レイモンド侯爵は黙ってそれを受け入れる。唇を噛みしめ、シンシアはさらに声を振り絞った。

「なのに、お父様をどれだけ憎んでも、結局は憎み切れない、そんな自分が嫌でしょうがない!!」

うつむいた彼女は号泣しはじめる。きっとこれが、シンシアの胸の奥に隠されていた真実だ。彼女はレイモンド侯爵に訴えていたのだ。寂しいから、もっと私を見てほしいと。それを伝える方法がわからずに、今回の件にまで発展してしまった。

シンシアの号泣する声だけが響く。その時、大きな音が聞こえ、驚いた皆がそちらへ顔を向けた。

重苦しい空気を打破するためか、エドワードが両手を叩いたのだ。

「では、シンシアは神殿に仕えるがいい」

神殿？　エドワードはなにを言っているの？　急な展開で話が呑み込めない。

「神から遣わされた花嫁を害そうとした罪は重い。なかったことにはできないだろう」

きっぱりと言い切ったエドワードは、なおも言葉を続けた。

「神殿の奥の書物庫にある歴史書は、古語で記されている。それを訳し、書き写しているが、人手不足でなかなか進まないのだ」

神殿の奥に書物庫があることは、昔レオンさんに聞いて知っている。

「シンシアは歴史の知識があり、古語も解読できると聞いている」

エドワードの顔つきは厳しいが、口調は優しかった。

「書物の管理はレナードを中心として動いているが、彼もなかなか忙しい身だ。よって、レナードの助手をしながら神殿に仕え、女性神官を目指すといい。そして、自分自身を見つめ直せ。自分の道が決まれば、神殿を出ていくことも可能だ」

「道とは？」

眉根を寄せ、静かに問いかけたシンシアに、エドワードは向き合う。

「シンシア、君の母親は、娘になにを望んでいた？」

「母は、幸せになれと……」

胸に手を当てたシンシアは、その言葉を思い出しているように見えた。

「では、自分の幸せがどこにあるのか、模索（もさく）するといい。神殿に行けばレナードも側にいる。あいつは君を誰よりも心配しているはずだ。彼の側にいて、自分自身の未来を探すんだ」

エドワードの言葉を胸に刻んだのか、シンシアは小さく頭を下げた。

「そしてレイモンド侯爵は、父親の務めとして、月に二回は娘の様子を見に行くことだ。そこでシンシアと対面し、娘の口から直接、様子を聞くがいい。それを条件としよう」

エドワードがスッと椅子から立ち上がる。

シンシアの瞳から、また涙がこぼれ落ちた。だが今回の涙の意味は、先ほどとは違う気がする。シンシアの側に寄ったレイモンド侯爵は、そっとその肩を抱き、小さくうなずいた。

シンシアとレイモンド侯爵は、エドワードに深々とお辞儀をしたあと、部屋から出ていった。

「エドワード、ありがとう」

彼と二人になったところで、私はお礼を言った。

シンシアはこれから先、長い時間をかけて父親との確執（かくしつ）を解きほぐしていけばいい。

その側にはレナードもいる。

そこでふと、疑問を口にした。

「レナードと、いつ連絡を取っていたの？」

エドワードは私を見つめ、答えた。

「舞踏会が終わってすぐに、レナードから相談があると持ちかけられたんだ。レナードは病に伏せていたシンシアの母親から、シンシアは気持ちをため込んでしまうところがあるから、側にいてくれと、生前に頼まれていたそうだ。そして、彼女が自暴自棄になる前に、必ず止めてくれとも。レナードも、シンシアを大切に思っている。だから今度こそ、間違った方向へ走らせてはいけないと悩んでいた。そこで、今回のことは自分の力では止められそうもないと判断し、私に報告することで彼女を守ろうとしたんだ」

「そうだったの……」

「しばらくは様子を見ていた。だが、まさか塔から元の世界へ帰そうと目論むとは思っていなかったよ」

エドワードは眉根を寄せた。きっと、あの日のことを思い出しているのだ。

エドワードはソファに座ると私を手招きした。側に近づけば、ギュッと抱きしめられる。

「リカが無事でよかった」

柔らかな髪をそっと撫でると、彼が顔を上げた。私はクスリと笑って口を開く。

「なんだか、懐かしい視線ね」

そう、ソファに腰かけているエドワードは、立っている私よりも目線が低い。十年前のあの頃と同じくらいの目線だ。

「あのね、エドワード。心の準備ができたわ」

「リカ？」

告げるなら今だと思った。そこで私は、大きく息を吸い込んだ。

「私と結婚して下さい、エドワード」

幼い頃から、私の心の準備ができるまで待ってくれた彼に、今やっと返事ができた。

一瞬、なにを言われたのか理解できないとばかりの表情をしたエドワードだったけど、すぐに顔をくしゃりと歪めた。

そして立ち上がった彼は、私の体を強く抱きしめる。私も彼に負けないぐらいの力で、ギュッと抱きしめた。

「返事、十年も待たせちゃったね」

遅くなってしまってごめんなさい。でも、ずっと信じて待っていてくれて、ありがとう。

私もあなたが必要だって、気づいたの。なによりも、側にいてほしい。

これから先、なにがあっても側にいることを誓うわ。もう離れたりしない。

顎にそっと指が添えられて、顔を上げた。目を閉じたエドワードが顔の角度を傾けて近づいてくる。

私もそっと瞼を下ろし、彼の柔らかな口づけを受け止めた。

部屋から出ると、待っていたかのように近づいてきた人物がいた。

「カルディナ」

名を呼ばれた彼女は、小さく微笑んだ。

「リカ、ありがとう。シンシアのこと」

お礼を言われたけれど、首を横に振った。

「シンシアが悩んでいたことに気づいてあげられなかった私は、友達失格ね」

少し目を赤くしている彼女は、涙したのだろう。友人だったカルディナだって、ショックを受けているに違いない。

「ううん。カルディナ、私もだよ。だから、時間が経つのを待とう」

神殿に行けば、いつでもシンシアに会える。今はまだ会いたくないかもしれないが、時間が解決してくれるはず。そう思って、待つのみだ。

「いつか二人でシンシアに会いに行こうね」

そう言うと、カルディナは目に涙をにじませて笑った。

その時、廊下の曲がり角から足音が聞こえた。そこから姿を現した人物に驚いてしまう。

「レナード」

こんな場所で会うなんて珍しい。そう思っていると、彼が口を開いた。

「エドワード様に呼ばれていたんだ。あと、シンシアを迎えに来た」

シンシアを神殿に預けることを、エドワードは以前から決めていたのだろう。だからこそ、あらかじめレナードを呼んでいたのだ。

レナードは私の顔を見ると、ぶっきらぼうに言い放った。

「あんたに礼を言っておくよ」

「なんのお礼？」

思わず聞き返せば、彼は足を止める。

「シンシアを止めてくれたから、かな。あいつはずっと悩んで、苦しんでいた。そして俺の忠告も聞かなくなり、一人で突っ走った」

レナードは窓に近寄り、空を見上げた。

「じゃあ、これからはレナードがずっと側で見守ればいいじゃない」

「言われなくても、そのつもりだ」

少しだけ照れたように言ったレナードは、吹っ切れた様子だった。

「しかし、本当だったな」

「なにが？」

「親父が言っていた。『召喚の花嫁は皆が思うよりも、ずっと逞しい』ってな。エドワード様も、そこに惹かれたんじゃないか？　エドワード様は意外と、尻に敷かれるのが好みかもしれないな」

「レナードって、やっぱり口が悪いのね！」

恥ずかしくて、私は声を荒らげた。

「そうか？　どこら辺が？」

「だってそうじゃない。私が悩みを相談に行った時にも、そっけなかったわ」

今になって彼を責めると、レナードは呆れたみたいにため息をついた。

「あのエドワード王子に求愛されているのに、うじうじと悩んでいるからだ。なにを悩む必要があるんだ、ばかばかしい。さっさとくっつけばいいものを。俺が聞かされたのは悩みじゃなくて、ただのノロケ話だろう」

「……え」

そんな風に聞こえていたの？　やだ、私の方が恥ずかしい。頬が熱くなり、口ごもってしまう。

「だからもう、迷うなよ」

レナードの真剣な声に、顔を上げた。

「ええ、迷わない。誰かに言われたからではなく、私の意思でここに残るわ」

『肝心のあんたの気持ちはどうなんだよ』

以前、レナードに聞かれた時は、答えることができなかった。だけど、今なら胸を張って言えるわ。エドワードと共に生きると——

「そうか。俺ももう、迷わない」

口の端を少し上げて笑うレナードは、なにかを決心したかのように爽やかだった。

もしかしてだけど、あの時の台詞は、自分自身にも言っていたのかな。レナードもどうしたいのか、悩んでいたのかもしれない。

「私も勇気が湧いてきたわ」

それまで黙っていたカルディナが、決意に満ちた声を出した。

「カルディナ？」

「皆さんのお話を聞いて、前向きに頑張ろうと、燃えてきました」

意気込むカルディナは、拳を握りしめている。

「じゃあ、一緒に頑張りましょうか。自分のなりたい未来に向かって」

私がそう言うと、皆顔を見合わせて、照れたように笑った。

見上げるほど高い天井から光が差し込む祭壇。

その両隣に建つ天使の像は、まるで私たちを祝福してくれているみたいだ。

ここに足を踏み入れるのは二回目になる。

だが、動揺していた一回目の時とは、気持ちがずいぶん違う。

静寂に包まれた空気の中、私は隣に立つエドワードを見つめた。

あの時、私を見上げていた彼が、今は静かに私を見下ろしている。

私を包む柔らかな素材の純白のドレスは、胸下の切り返しから裾に向かって繊細なレースが幾重にも重なり、広がっていた。チュールレースをたっぷりと使った、羽を思わせるようなふんわり感がとても素敵なデザインだ。ベールは長く、ところどころに縫い付けられた小さなビーズが輝いている。そんなドレスに身を包んでいる私から、エドワードは視線を逸らさない。

こんなにじっと見つめられると、どこかおかしいのかなと、不安になってしまう。

「すごく綺麗だ」

エドワードはこちらの心中を察したのか、さらりと褒め言葉を口にする。照れてしまうけれど、とても嬉しい。自然と頬が熱くなる。

「ありがとう。エドワードこそ、素敵よ」

そう言って、彼に向かって微笑んだ。

袖口と胸元に金の糸で細かい刺繍(ししゅう)が施(ほどこ)されている上着に、白いブラウス。正装に身を包む姿は、普段より一層輝いている。

その時、祭壇の前に立っていた神官が、ゆっくりと振り返った。

彼の顔を見て、驚きで口を開けてしまう。

「レオンさん?」

久々に会う彼は、あまり印象が変わらない。だが、以前より頬が少しふっくらとして、元気そうだった。

「ごぶさたしておりました、リカ様。今日という日を迎えることができて、実に感慨深いです」

「レオンさんもお元気そうで、よかったです」

懐かしい顔を見ることができて、とても嬉しい。

「息子に呼ばれたのですよ」

「レナードが?」

思わず聞き返すと、レオンさんはうなずいた。

「最初に召喚した神官として、リカ様の幸せを見届ける義務があると言われました」

なかなか気が利くじゃない、レナードも。今では軽口を叩ける友人になった彼に、あとでお礼を言おう。

レオンさんは祭壇に向かって両膝をつき、祈りを捧げはじめた。

前はなにを言っているのか、わからなかったけれど、今なら理解できる。あれは神であるアスランに、感謝の祈りを捧げているのだ。

そして、私も素直に感謝できる。

召喚の花嫁として、この世界に呼ばれた。一度は離れてしまったけれど、エドワードと再会できた。これからは、エドワードと同じ時間を寄り添って歩むことができる。

そのすべてに感謝します――

厳かな気持ちになり、心の中で祈った。

エドワードにちらっと視線を投げると、彼もまた感慨深そうな表情を浮かべている。

彼も私と同じ気持ちだと感じた私は、そっと目を閉じた。

やがて祈りを終えたレオンさんは、私に質問を投げかける。

「この先の未来を、二人で共に生きると誓いますか」

「はい」

なぜだろう、涙があふれて止まらない。ただ、返事をするだけなのに、自分がこんな風になるだなんて、想像もしていなかった。

エドワードは、胸ポケットに手を入れて、なにかをスッと取り出す。それはリングケースだった。蓋を開けると、台座に指輪が輝いている。

「その指輪は……！」

驚いて、思わず大きな声が出た。

「シンシアに渡されたよ。それと彼女から伝言、『本当にごめんなさい』だそうだ」

あの騒動で、てっきり紛失したと思っていた。だけどこうやって戻ってきたなんて、嬉しくて言葉が続かない。

彼はその指輪を摘まむと、私の手を取り、そっと指輪をはめた。

ああ、この指輪がまた戻ってくるなんて。夢じゃないのかしら。

感激に震えていると、ベールをそっと持ち上げられた。端整な顔立ちのエドワードが、スカイブルーの瞳で私を見つめている。心なしか、彼の瞳も潤んでいるように見えた。

近づいてきた彼に応えるみたいに、顔を少し上げた。

そして優しく触れ合った彼の唇を感じた瞬間、涙が流れる。

すぐに離れてしまったものの、彼の唇の熱に酔いしれ、エドワードを見上げる。彼は私の右手を取ると、力強く握りしめてくれた。しばし見つめ合ったのち、どちらともなく微笑む。

「私はリカ様に一つ、謝らなければいけないことがあります」

その時、静粛（せいしゅく）な空間にレオンさんの真面目な声が響き、彼を見つめた。

「十年前、花嫁召喚について書かれた書物を調べると、そう約束しましたよね？」

「ええ」

結果的に、私が先に帰ってしまったけれど、それがどうかしたのだろうか。

「実はリカ様が帰ってしまわれたあと、召喚の花嫁についての書物を神殿の奥から見つけたのです。そこには、『アスランの神に選ばれし花嫁は最初こそ迷い戸惑うが、時を経（へ）て、自らの意思で伴侶のもとにいることを選ぶ。その後は離れることはないだろう』と書かれていました。まるで予言のようではありませんか？　なので、リカ様が消えたのは、きっと今がその時じゃなかったからだと、当時は納得しておりました。再び戻っていらっしゃるだろうと、確信していたのです。だからこそ、自分の出る幕はないと考えて書物庫の整理を息子に託し、妻の静養のため田舎（いなか）に越しました」

「そうだったのですね」

「リカ様が戻られたと聞いた時は、エドワード様の側にずっといて下さる時がきたのだと、嬉しく思いましたよ」

その書物の予言を信じるのなら、最初の召喚の花嫁は、自分の意思でこの世界に残ったのだ。そして、きっと幸せだったのだ。

なら私も絶対に幸せになる、そう心に誓い、隣に並び立つエドワードの顔をそっと見上げた。彼の優しい眼差しが私を見守っていてくれるだろう。この先もずっと——

そう信じて、エドワードの手を強く握り返した。

三人だけで行われた厳かな式を終えると、城の広間で、大規模な披露宴がはじまった。

広間を埋め尽くすほどの人々が、祝いの料理とお酒を囲んで大賑わいだ。私とエドワードが二人で登場した瞬間、歓声が上がり、人々から祝いのフラワーシャワーを浴びた。

「本日、我が息子が花嫁を迎えた。このよき日を、皆で祝おうではないか！」

王の一言で、さらに場は盛り上がり、熱気があふれる。

歩みを進めるたびに、周囲から祝福の声をかけられ、幸せに酔いしれた。ふと、エドワードが話しかけられて足を止める。その間待っていると、カルディナが近寄ってきた。

「お兄様、そしてリカ！　おめでとうございます！」

彼女は細身のマーメイドラインのドレスに身を包んでいて、いつもより大人っぽく見える。布に縫い付けられた真珠が輝いて、人魚姫を連想させた。

「あのね、お兄様から聞いたの。リカ、シンシアに宣言したんですって？　『私のエドワードは渡さない』って」

その瞬間、頬がボッと熱くなる。エドワードったら、聞こえていたのね。

「それを聞いて、すごく勇気づけられたの。女性から愛の告白をしてもいいんだって、背中を押された気分。だから、私も決心がついた。このまま行かせてもらうわ」

「カルディナ、それって……」

「もう何年も、あの人だけを見つめ続けた。この関係にそろそろ変化があってもいいはずよ。だけど、もしも玉砕したら、慰めてね」

カルディナほど綺麗な人が失恋することなんて、あるのだろうか。彼女に告白される男性は、とても幸せ者だと思う。

歩き出したカルディナの背中を見つめ、視線で応援する。

彼女は、クラウスとクルド隊長が話し込んでいるところへ、意を決した様子で近づいた。

二人は会話に夢中で、近づいてくるカルディナに気づいていないみたいだ。

「あの……」

カルディナが声をかけると、二人はようやく背後を振り返る。先に気づいたクラウスが、優しく微笑んだ。

「カルディナ様、エドワード様のご結婚おめでとうございます。カルディナ様も、今日はとてもお綺麗です」

「ありがとう、クラウス。あの……」

クラウスから褒められたカルディナは、頬をポッと赤く染めた。そしてなにも言えずに、もじもじしている。

頑張れ、カルディナ！　さっきまでの意気込みはどこへいった！

駆け寄って応援したい気持ちをグッと堪えて見守る。

「あ～。俺、そろそろ庭園の警備に行ってくるわ」

クルド隊長が空気を読んだ。彼は頬を掻きながら、視線を明後日の方へ向ける。

その時、カルディナが両手を胸の前でギュッと握りしめた。

そして、周囲に響き渡るほどの声で叫んだ。

「ずっと、ずっと、幼い頃からお慕いしていました!!」

ついに言った！　しかも大胆な公開告白！

カルディナは瞳を潤ませ、頬を赤く染めている。緊張のせいか、小刻みに両手が震えていた。

対するクラウスは、いつものように冷静だった。

「あなたから見て、私は幼い頃のままかもしれない。だけどもう、子供ではありません！」

周囲の目も気にせず話し続けるカルディナを、皆が固唾を呑んで見守る。

「あ～、俺はお先に失礼」

クラウスの隣にいたクルド隊長がついに、聞いていられないとばかりに、背を向けて歩き出した。

「クルド様、大好きなんです!!」

へ？

思わずぽかんと口が開いた。

歩きはじめていたクルド隊長は、しばらく進んだあと、ピタリと足を止める。

「あ？　俺の聞き間違いか？　それとも呼ばれましたか？」

真っ赤な顔でコクコクとうなずくカルディナ。

もしかしてカルディナの想い人って――クルド隊長なの!?

想像すらしていなかった恋の相手に、口を開けたまま呆けてしまった。

「まるで野獣と、お姫様の図ですね」

「クラウス」

いつの間にか私の側に移動してきたクラウスが、失礼な感想を述べる。

「知っていたの？」

　そう問えば、周囲の皆が静かにうなずいた。

「知らないのは本人だけでしょう」

「私はてっきり、相手はクラウスかと……」

　そうつぶやくと、クラウスは肩をすくめて笑った。

「カルディナ様はクルド隊長以外、目に入っていません。幼い頃からずっと隊長一筋だったと思います。男性を見る目がありますね」

　改めて視線を向ければ、大きな図体をしたクルド隊長が背中を丸めて、カルディナと対峙している。彼は困惑した表情で目を泳がせていた。

「私、ずっとクルド様のことが好きだったのです。小さい頃、よく護衛で街についてきて下さいましたよね。足を挫いた私を軽々と抱きかかえて下さった時、恋に落ちたのです。あの日、私が大人になったら考えてもいいと、仰ったじゃないですか」

「いや、それはあの、冗談で……」

　珍しい、あのクルド隊長がしどろもどろになって、汗までかいている。

「私、もう二十歳です。あなたにふさわしい女性になりたくて、努力しました。それを冗談だったと、一言で片づけるのですね」

見る見るうちに、カルディナの綺麗な顔が歪んでいく。泣き出しやしないかと、見ている方がハラハラしてしまう。

クルド隊長は困り切った表情で、オロオロしていた。

貴族との会話が終わったのか、エドワードがいつの間にか私の側に来ていた。そして妹に助け船を出す。

「クルド、妹と将来を約束していたのか？」

「いえ！　それは言葉のあやというか、冗談と言いますか……」

冷静なエドワードと比べ、クルド隊長は動揺していた。

「なるほど。妹をたばかったのだな」

「ち、違います!!」

エドワードも人が悪い。完全に遊んでいるのだ。だって口の端を少し上げ、笑いを堪えているのがわかるもの。

すると、カルディナはなおも続けた。

「私が好きなところは、筋肉の盛り上がった強靭な肉体に、皆が恐れをなしてしまうほどの強面。そのすべてに、背筋がゾクッとするほどの色気を感じてしまいます。一見、怖い方と思われがちですが、宿舎の裏で捨てられた猫を五匹、育てていることを知っています。街で迷子を案内しようとしても、強面だから泣かれてしまって、だけどその子を肩車であやすなど、本当は誰よりも優しい心を持ったお方なのです!!」

「も、もう結構!!」

クルド隊長が片手でカルディナを制止した。うつむいていたが、その顔は真っ赤になっている。

「これでわかっていただけました？　私のクルド様への想いを」

「うっ……」

じりじりとにじり寄るカルディナに対して、クルド隊長は逃げ腰だ。

「ちょっと待ってくれ！　いきなりそんなこと言われても、俺にも心の準備が……」

頭をかきむしるクルド隊長は、完全に混乱状態だった。

「心の準備とは、どのくらいでできますの？　明日？　三日後？」

そんな彼にグイグイと迫っていくカルディナ。

この台詞、前に聞いたことがある。やっぱり兄妹なのね。

私の隣に並び、ことの成り行きを見守っているエドワードをチラリと見ると、彼も覚えていたのか苦笑している。

「そ、そ、そんな急には……」

赤い顔をしてさらに三歩下がったクルド隊長に、にじり寄るカルディナ。

「では、考えて下さい。恋の対象として見てほしいのです」

両手を組み、上目遣いでクルド隊長を見上げるカルディナの可愛らしさに、はたで見ているこちらも応援したくなる。

「いつまでも待ちます」

そう言って固い決意を見せたカルディナの顔は、美しく輝いていた。周囲は完全にカルディナの味方になっていそうだ。

「あきらめないだろうな、私の妹だ」

そう言ってエドワードが笑い、周囲が微笑ましい空気に包まれた。

エピローグ

そして厳(おごそ)かな式と豪華な披露宴が終わり、夜になった。

重たいウェディングドレスを脱ぎ捨て化粧を落とし、私は身軽になっている。

湯を浴びて体を温めると、それまでの緊張がとけ、ようやく一息ついた。

寝室のベッドにゴロンと横になれば、エドワードが部屋に入ってきた。

「エドワードも疲れたでしょう？」

寝そべりながら微笑めば、彼は首を横に振る。

疲れたけれど思い出に残る、いい式だったし、皆に祝福されて幸せだった。カルディナもクルド隊長へ想いを告(つ)げることができたし。

ベッドに近づいてきたエドワードは、そこの端に腰かけた。

その瞬間、シトラスの香りが周囲に漂(ただよ)う。甘すぎないその香りは、いつもなら心が安らぐけれど、今日に限っては緊張する。

変に意識していることを隠すため、いつも通りに振る舞おうと思い、声をかけた。

「カードゲームしようか」

引き出しに手をかけて、カードを取り出す。

再会してから、エドワードには一度も勝っていない。もう相手にならないぐらいだ。

だけど、この場を包む雰囲気が気恥ずかしくて、会話の糸口を探してしまう。

エドワードは静かに首を横へ振り、微笑した。その笑顔から色気を感じてドキッとする。

意識しすぎている自分自身を恥ずかしく思っていたところ、カードを持つ手を掴まれた。

「カードゲームはしない」

初めて彼に勝負を断られた。

瞬(まばた)きをしていると、エドワードの顔が近づいてきた。

緊張して強張った耳元で、そっとささやかれる。

「カードゲームよりも大事なことがあるだろう？」

「え、それは？」

顔が熱くなった私は、そのままベッドへ優しく押し倒された。

私を見下ろすエドワードの瞳から熱情を感じて、心臓が高鳴る。

「エドワード……」

彼の名を紡（つむ）げば、エドワードは静かに微笑んだ。

「ああ、やっとリカに触れることができる」

そっと添えられた手に、私の頬はきっと赤く染まっている。

「十年分の想いを受け止めてほしい」

吐息が感じられる距離で、真っ直ぐに私を見つめてくる瞳には、優しさと情熱的な色が宿っていた。

「愛しているよ、私の花嫁」

両手を絡め、口づけを落としてきたエドワードを受け入れ、そっと目を閉じる。

徐々に激しくなる口づけに翻弄（ほんろう）されながら、この夜は長くなりそうな予感がした。

書き下ろし番外編

変わりゆくもの　変わらないもの

「リカ、出かけようか」

ある晴れた日、エドワードに誘われた。どこへ行くのかと聞いても微笑むのみで答えない。到着するまでのお楽しみ、ってことなのかしら。エドワードは白いシャツにパンツのラフな格好をしている。

私もお忍び用のワンピースに着替え、ワクワクしながら馬車に乗り込んだ。

窓から見える光景に、どこか懐かしさを感じながらおしゃべりに花を咲かせていると、馬車が停まった。どうやら目的地についたようだ。

扉を開けると、甘い香りを感じた。花が一面に飾られた光景が視界に入ってくる。

「花の収穫祭!?」

「そうだよ、ここに来るのは十年ぶりかな」

「十年って、あれ以来、エドワードは来ていなかったの？」

するとエドワードは一瞬だけ寂しげな表情を見せたのち、苦笑した。

「ああ、来るなら必ずリカと一緒にと、決めていたんだ。だから今日は夢が叶って嬉しい」

こんな時に離れていた時間の長さを感じる。

私は数ケ月だったけど、エドワードは――

「すごい楽しみ！　行きましょう」

離れていた時間は取り戻せないけど、今はこの収穫祭を目いっぱい楽しもう。私は明るく振る舞って、はしゃいだ様子を見せた。

馬車から先に降りたエドワードが、手を差し伸べてくれた。

街の至る場所に花が飾られ、あふれている。木製のプランターに植えられた花々は通路に沿って置かれていた。二階建ての建物の窓からは、いろいろな種類の花がポットに飾られて顔を出し、華やかさを演出している。

花を売って商売をする人や、行き交う人々で大賑わい。

ああ、ここは以前と変わらず、活気にあふれている。

そう思うと、懐かしさに目を細めた。

隣にそっと視線を向けると、エドワードが微笑んでいた。

「さぁ、どこから見て回ろうか」

繋(つな)がれたままのエドワードの手を、私は握りしめた。

はしゃいで歩いたあと、エドワードが提案してきた。

「喉(のど)が渇いたな。少し休憩しよう」

そう言って商店街の角を曲がってすぐ目に入ってきたのは、一軒のお店。カラフルな果実が山になって並べられている。

あっ、このお店は——

以前、エドワードと来たことがあると思い出した。エドワードももちろん覚えていたようで、口の端を少し上げて笑ったあと、店に近づく。

あの時より目尻の皺(しわ)と白髪が増えた店主のおじさんが店番をしていた。

「いらっしゃい」

大きな声は変わらず元気そうだ。

エドワードが注文をすると、店主は器用な手つきで果実を搾(しぼ)り、エドワードに差し出した。

「はいよ、お待ちどお。こっちは美人な彼女の分」

ニコニコしている店主に、エドワードも微笑んで口にする。

「ありがとう。でも彼女じゃなくて、僕の花嫁なんだ」

「おや、それは失礼した」

店主は、声を出して豪快に笑った。

エドワードってば、わざわざ訂正しなくても……!!

私はどこか気恥ずかしくなって、頬を真っ赤に染めた。

礼を言ってジュースを受け取ると、その場で少し休憩した。喉を潤すジュースは甘味と酸味が競い合って、最後にはすっきりする。あの時と変わってない味を楽しんだ。

しばらくしてエドワードに声をかけた。

「噴水に行かない？」

広場の中央には噴水があったはず。収穫祭の日に噴水に花を飾るか投げ入れれば、願いが叶うと言われている。

広場に足を向けたけど、すでに噴水は花で埋め尽くされていた。そして少し離れた場所では、なにか建設中のようで土台が組まれている。気になってそちらを見つめていると、エドワードが視線に気づいた。

「噴水の老朽化が進んでいて、新しく建てていると聞いている。街の人々が大切にしている噴水だから、来年の祭りに間に合うように進めているらしい」

「じゃあ、来年には新しくなるのね」

エドワードはうなずいた。

「神様に願いを届ける大事な役割を持つ噴水だ。心を込めて造っているはずだ」

新しい噴水の建設は、収穫祭の最中でも作業を進めているようだった。職人が数名汗水垂らして、レンガを詰んでいる。そのうちの一人の男性に、どこか見覚えがあった。じっと見ていたら、あることに気づきハッとする。

あの男性は以前の収穫祭で、私に絡んできた人のうちの一人だ。歳は取ったけど、面影が残っている。当時のことを思い出すと、足が震えた。

エドワードは気づいているのだろうか。手をギュッと握って一歩後ずさると、エドワードが顔をのぞき込んできた。

「どうかした？」

心配そうに見つめる彼に、黙って首を横に振った。エドワードに苦い過去を思い出させるわけにいかない。

その時、一人の女性が、作業をしている男性に近づいたことに気づく。女性は手にしていたバスケットを掲げ、声を張り上げた。

「お昼ご飯よ～～！」

するとあの男性が返事をし、流れる汗を布で拭くと女性に近づいてきた。男性はバスケットの中をのぞき込む。

「こりゃ、うまそうだな」

「焼きたてのパンに、ハムと野菜をサンドしたの。で、今日も忙しそうだけど、あんまり無理はしないでね」

女性の気遣う視線を受けた男性は、熱く語った。

「ああ。この街の守り神が住むと言われている噴水だからな。俺たちの手で、どうしても完璧に造りたいんだ」

すると、その様子を見た女性がプッと噴き出した。

「本当、昔のあんたからは想像つかないわね。酒に賭け事に暴力沙汰に……。何度警備隊のお世話になったか、数えきれないのに」

男性は少し口を尖らせた。

「しょうがないだろう、あの頃は、なにをやってもうまくいかない自分に、心が荒んでいたんだよ。挙句、幸せそうな金持ちの子供に絡んで八つ当たりしてみたり……」

「本当よね、あの時、罰として兵士の訓練場に連行されたのよね」

ケラケラと笑う女性に、男性は言った。

「でもあの訓練を、強制的にさせられたことで、自分がいかに甘えていたか実感した。いつまでもバカなことばかりやっていられないと、気づいたんだ」

「本当、あの時、きつーい処罰を与えてくれた方に感謝しないとね」

その処罰を与えたのはクルド隊長で間違いない。あのあと、男性を連行していったもの。

女性は笑ったあと、自身のお腹をそっと手で触れた。

「秋には家族が増えるし、来年は家族三人で収穫祭に参加できるわね」

その女性を、愛おしそうに見つめる男性。

一連の仕草から、お腹に赤ちゃんがいるのだと悟った。

男性の顔つきは以前よりも、ぐっと穏やかになっていた。私に絡んできた時の目つきの鋭さが消えている。

男性は、しばらくすると作業の場へ戻る。それを、女性は手を振って見送っていた。

「……変わったな」

エドワードがポツリとつぶやいた。彼も気づいていたのだ。

人は変わることができる。あの男性もまた、この十年の間に変わったのだ。

そして私はエドワードの手を引っ張り、噴水の前まで連れていった。

「ここも、今年で見納めか」

「そうね」

時は流れ、人々や街の様子も変わりゆく。いい方向にいく時もあれば、その逆もある。

だけどこれからも、穏やかな月日をエドワードと過ごしていけたらいいな。

エドワードは、近くにいた花売りの少女から花を購入した。オレンジ色の花弁を持つ花は可愛らしい。

エドワードから手渡され、鼻を近づけて香りを楽しんだ。

エドワードは噴水に近づくと、そっと花を落とした。瞼(まぶた)を閉じたエドワードは両手を握りしめ、なにかを願った。真剣な横顔を見て、私も流れる水に花を落とした。

私の願いは、エドワードとずっと一緒にいられますように。

そっと祈りを込めた。

瞼(まぶた)を開くと、隣に立つエドワードがじっとこちらを見つめている。

「リカとずっと一緒にいられるよう、祈った」

「偶然ね、私も同じことを祈ったわ」

微笑むとエドワードは手を伸ばし、私の手を取った。そしてギュッと握りしめる。

「私は、リカと釣り合いの取れる男になっただろうか」

「エドワード？」

彼がポツリとこぼした言葉が気になって首を傾げると、エドワードは真剣な眼差しを向けていた。

「昔、リカと一緒に来た時は姉弟にしか見られず、男に絡まれて、自分の無力さを思い知った。ずいぶん悔しい思いをしたから、あれ以来、この街に足を運んだことは一度もなかった。でも、今の成長した自分なら、素直に楽しめると思ったんだ」

「そうね、今日は本当に来てよかった」

固く唇を結ぶエドワードに私は微笑みかける。

「あの時は後悔しかなかった。だが、あの経験があったからこそ、自分は強くもなれた。絶対リカにふさわしい男になると自分に誓ったんだ」

エドワードは周囲をグルッと見回した。

「この街も変わりゆく。だが、この気持ちだけは変わらない。だから、また来年もここに来よう」

エドワードの手をギュッと握り返して、私は答える。

「ええ、もちろんよ。来年も再来年も、ずっと一緒にね」

そして私たちは静かに微笑む。エドワードがそっと手を伸ばし、肩を引き寄せる。

「ちょっ、エドワード、皆が見ているわ」

近づきすぎてきたことに焦って手を突っぱねるが、エドワードの力は強く、敵わない。
フッと笑ったエドワードは、そのまま強く私を抱きしめた。

RC
Regina COMICS
原作 夏目みや
MIYA NATSUME
漫画 文月路亜
ROA FUDUKI
異世界王子の年上シンデレラ
CINDERELLA OF THE PRINCE IN ANOTHER WORLD
待望のコミカライズ！
突然、異世界に〝花嫁〟として召喚された里香のお相手は王子!? しかもまだ11歳――!? 里香は普通の生活を送る19歳。子供の王子と結婚なんてできるわけがないし、早く帰して！ と訴えるけど、自分を慕ってくれる王子に絆された里香は、姉のような気持ちになり、王子と過ごすことを決意する。しかし、事故により元の世界に戻ってしまい、４ヶ月後、ひょんなことから再び異世界へ……。すると、再会した王子は劇的な成長を遂げていて――!?
かわいい年下王子がなぜか年上婚約者に!?